A LA VIDA,
GANAS:
A LOS
SUEÑOS,
ALAS

ALEJANDRO ORDÓÑEZ

A LA VIDA, GANAS: A LOS SUEÑOS, ALAS

NUBE **DE TINTA**

A la vida, ganas; a los sueños, alas

Primera edición: septiembre, 2023

D. R. © 2023, Alejandro Ordóñez

D. R. © 2023, derechos de edición mundiales en lengua castellana:
Penguin Random House Grupo Editorial, S. A. de C. V.
Blvd. Miguel de Cervantes Saavedra núm. 301, 1er piso,
colonia Granada, alcaldía Miguel Hidalgo, C. P. 11520,
Ciudad de México

penguinlibros.com

ISBN: 978-607-383-461-2

Impreso en México – *Printed in Mexico*

Para Elvia,
que llegó en verano
y ya son suyas
todas mis estaciones

ÍNDICE

VERANO

PRÓLOGO

Querido lector:

A la vida, ganas; a los sueños, alas te encontrará en cualquiera de las estaciones de la vida. Todos pasamos por ellas; nos toca vivirlas, sufrirlas, disfrutarlas... son una montaña rusa de emociones, relaciones y vivencias finitas. El propósito de este libro no es otro que la reflexión poética en torno a todo ello: desde que fuimos un adolescente ansioso hasta la vejez y sus lecciones tardías. No hay forma correcta de leerlo, empieza por donde gustes (ya sea en la estación que ahora vives o la que has dejado atrás). Sea por el principio o por el final, te invito a reflexionar con cada página, a recordar momentos similares que has tenido en tu vida respecto al amor, la amistad, el trabajo, la familia... todos los pilares que conforman una existencia humana desde que nacemos hasta que morimos. La muerte, esa compañera silenciosa a la que tan poco nos gusta voltear a ver, también tiene su espacio en este libro. Piensa en ella, entiéndela y abrázala como una certeza inevitable por la que todos tendremos que pasar.

Somos hojas mecidas por el viento en el árbol de la vida. En primavera nacemos y descubrimos el mundo, en verano disfrutamos como si fuéramos eternos, en otoño nos damos cuenta de que envejecemos y en invierno nos toca aceptar que pronto el viento nos hará llegar al suelo.

Espero que este libro te ayude a frenar, a disfrutar del camino que has recorrido y a ser más consciente del presente y del futuro que aún tienes por delante. No es un libro de autoayuda, sólo expresa los sentimientos de alguien que vive y siente como tú.

Alejandro Ordóñez

PRIMAVERA

ESTACIONES

Tengo una estación para cada futuro contigo. Una primavera intensa y cargada de emoción, en la que nos crezcan las flores y se tiña de color cada uno de los besos robados bajo el sol de un amor creciente y cargado de ilusión.

Que nos encuentre el verano sanos y amados, y que con calor nos abrace la desnudez del cuerpo y también la del alma, pues para entonces la conexión que tenemos habrá crecido tanto que ya no entenderá de fronteras físicas. **Que tus besos sigan sabiendo igual, pero más maduros,** como quien abraza el presente a través de los labios hasta el otoño que nos espera, con los brazos abiertos y cargados de sueños cumplidos. Familia, mundo, sonrisas. Felicidad máxima en la tarde de la vida, guardando lugar frente al mar, esperando pacientes un atardecer que amenaza, pero nunca llega. Seremos tormenta y huracán. Paz, después. Una vida casi completa a tu lado.

Y cuando al fin el Sol se oculte en un manto naranja que preceda al invierno, te besaré como lo hago en cada estación, porque los labios nunca mienten y los nuestros ya se saben de memoria el mapa de nuestro amor. Te abrazaré, entonces, más fuerte, para que el frío que amenaza con congelarnos el corazón nunca llegue tan dentro de ti.

Y así, en cada estación seremos nosotros. Un par que baile feliz al compás del mundo, del tiempo, de todo lo que nos queda por vivir.

MI VIDA, MIS NORMAS

En mi mundo mando yo. Mi vida, mis normas. Mi futuro y presente dependen sólo de mí. Seré las decisiones que tome, con todas sus consecuencias. Por mucho que otros digan, por mucho que otros piensen.

Somos dueños de nosotros mismos, aunque a veces quieran hacernos olvidarlo. Somos fuertes, hermosos, soñadores de mundos perfectos que moldeamos a la medida de todo lo que sabemos que queremos conseguir.

Por muy grande que sea el reto, aprieta fuerte el paso y sigue avanzando; la vida es mucho más que esperar sentado. Disfruta de ti mismo, de tu rareza tan perfecta que nadie consigue entender. Deja que hablen y digan lo que quieran. **Tú sigue viviendo fiel a ti.** Llegará un día en que mires atrás y no te arrepientas de nada, te lo prometo, porque arrepentirse de lo vivido sólo sucede cuando dejas que sean otros los que decidan sobre tu vida. Si te equivocas por ti mismo, aprendes. Creces y evolucionas, pero nunca te arrepientes.

LOS CAMINOS DEL AMOR

Es curioso cómo aman los adolescentes, con el corazón tan caliente que les quema el pecho y les explota la vida cuando un amor termina. Quizá sea el amor menos sincero de nuestras vidas, el más ciego, el más cargado de hormonas... o puede que no, que sea el más real porque nos dejamos llevar por los sentimientos sin importar nada más que lo que sentimos por esa persona. Si nos dejan, se acaba el mundo. Si nos dicen que "sí", la vida alcanza un nivel épico de felicidad. Somos así, o todos lo hemos sido en algún momento. ¿Acaso no recuerdas tus primeros romances? Los primeros besos, las primeras caricias.... la primera vez que caminaste agarrado de la mano de alguien que, en ese momento, era todo tu mundo.

Tal vez la vida sería más sencilla si sólo tuviéramos que preocuparnos por el amor, que un corazón roto fuera nuestro mayor daño, aunque a veces sintamos que morimos de dolor. No hay nada peor que un corazón adolescente que deja de latir por un amor que lo fue todo en su vida.

Y aun así, a pesar de haber vivido esa etapa hace algunos años ya, **no deja de sorprenderme la cantidad**

de errores que, ahora veo, cometí. Las dependencias que generé por no saber amar, por no amarme lo suficiente a mí mismo, por ser un niño que apenas empezaba a caminar en los tan difíciles caminos del amor.

QUÉ MIEDO

Creo que me estoy enamorando. No lo sé, no lo tengo claro. Nunca antes había sentido algo así. **¿Será amor lo que arde dentro de mí?** Me da miedo, siendo sincero; no sé cómo controlar tantos sentimientos. Ni siquiera puedo pensar en otra cosa. Mi mente y todos mis sentidos están llenos de su aroma, de su risa, del tacto de su piel cuando tomé su mano. Siento celos del aire que la roza, del agua que la moja cuando llueve y empapa el presente con su cielo, lleno de nubes y figuras que no entiendo, pero que ella traduce para mí.

Ya me habían hablado de esto: del amor. Un juego de niños que no entiendo, que no sé manejar, que me quema. O quizá sea cosa de adultos y me quede demasiado grande el concepto.

Pero sí, eso debe ser: amor. Y qué miedo.

AMOR NO DESEADO

Me miras, pero tus ojos pasan de largo cuando se cruzan con los míos más de un segundo. A ambos nos quema esa mirada. A ti, seguramente, porque preferirías evitarla; a mí, por el puro deseo de que te quedes toda la vida perdida en mis ojos, aunque sé perfectamente que no sucederá.

Me enamoré de alguien que no debe ni saberse mi nombre. Aunque me haga ilusiones, duele. Y no puedo evitarlo. Compartimos un mismo tiempo y espacio y, por estúpido que suene, mi corazón será tuyo hasta romperlo.

Sucederá, quizá incluso ya está sucediendo. **Qué difícil es guiar un sentimiento.** Imposible, casi. Y sé que estoy condenado a un dolor intenso, pero no puedo evitar que mi corazón siga deseándote, anhelando una realidad diferente en la que, al menos, te interese saber algo más de mí.

Podría enamorarte si tuviera el valor de hacerlo. Porque ahora mismo estoy bastante seguro de que me falta. Será eso, precisamente, lo que te hace ignorarme... todavía no brillo lo suficiente para gustarte. Pero lo haré, ya lo verás. Aunque para mí ya será tarde, pues de este dolor que causará este amor adolescente **no me salvará nadie.**

MIRANDO SIN VER

A veces me pregunto si le gusto tanto como ella me gusta a mí. Si cuando me mira, me ve o sólo mira, a través de mí, a un futuro en el que yo no estoy, a un camino que recorrer al lado de otra persona.

Las metas que se marca me parecen demasiado lejanas, como si no compartiéramos el mismo presente. Cada beso tiene un sabor diferente, cada abrazo aprieta de otra manera. No sé si es cosa mía. Si el amor que yo siento y que me quema desde dentro es sólo un incendio en mi interior que no consigue calentar el invierno que nos separa.

El dolor de un adiós me amenaza con una sonrisa, esperando apagar, una a una, todas las luces de ilusión que aún quedan en mí. **Se puede salvar cualquier amor, sólo hay que echarle ganas**... pero uno no puede salvarlo cuando los dos no lo dan todo.

¿Será que ya no me ve? Que no me mira, o que me mira sin verme. Que ya no me entiende, que su corazón hace tiempo que dejó de latir por mí.

CIEGO CORAZÓN

Tengo un corazón valiente y demasiado ciego. No tiene miedo de saltar por cualquier precipicio, pero tampoco es consciente de lo mucho que dolerá la caída. De hecho, parece que no le importa. Cada vez que cae, recoge las piezas rotas y mira al frente, dispuesto a saltar de nuevo, dentro de cualquier amor que, quizá, no nos convenga.

Es un suicida incomprendido, un loco que tal vez sea el más cuerdo de todos porque entiende el amor mejor que nadie, como una última esperanza a la que agarrarse siempre para evitar caer... si es que te lanzas contra el corazón correcto. Si no, **dolerá una y otra vez hasta que alguien te ame como de verdad mereces.**

Tengo un corazón idiota, también. Que no aprende de las lecciones pasadas por más que intento distraerlo cuando veo en su mirada la determinación de enamorarse de nuevo demasiado pronto. Pero ¿quién soy yo para detener al corazón, si tiene vida propia y decide por sí mismo? Ojalá que el tiempo que pasa cayendo fuera el mismo que se toma para sanar después de cada golpe. **Mantenerse entero parece el mayor reto.** Y yo, que me toca sufrirlo, pues es

27

mío, lo tengo que acompañar a todas partes aun a sabiendas de que sufriré de nuevo.

Quizá algún día consiga calmarlo, abrazarlo tan fuerte que se sienta completo sin necesidad de buscar nuevos horizontes. Quizá del amor que nos demos nazca una consciencia nueva, una realidad en la que, para ser feliz, no hace falta seguir buscando corazones a la vuelta de todas las esquinas.

Ya llegará quien lo merezca, quien sea capaz de volar a nuestro lado en vez de dejarnos caer en picada. Hasta entonces... seguiré tratando de frenar los impulsos, de no volver a enamorarnos de quien no sea capaz de cuidarnos.

CONSCIENCIA DE MÍ MISMO

Me pregunto cómo serás. Si habré cumplido todos mis sueños, si me enamoré como sé que puedo hacerlo y si, cuando se acerque el final, aún recordarás que existo.

Que tú y yo somos el mismo, aunque en diferentes realidades. Entre mis granos y mis hormonas, poca cabeza me queda para pensar en ti, pero hoy, no sé por qué, soñé contigo. Conmigo en el futuro. En mi vida, mis hijos o nietos, mi esposa, mi trabajo... todo lo que se supone que tengo que vivir en mi futuro.

Y me dio miedo (¿sientes miedo tú todavía?), miedo de no convertirme en ti, o en la versión que todos esperan que sea de ti. Incluso yo. **Aunque ni siquiera sé que voy a hacer con mi vida.**

Ojalá que sí haya conseguido salir de este pasado oscuro que ahora vivo. Ojalá haya luz en nuestro mañana.

Qué curioso... al escribir esto me acabo de dar cuenta de que te quiero. **Me quiero.** Y es la primera vez en mi vida que soy consciente de que me importo lo suficiente como para hacer de cualquier futuro soñado una realidad.

APRENDE

Qué difícil quererme. Nunca pensé que eso sucediera, como si de repente hubiera cobrado consciencia de que existe el amor propio. ¿Por qué no podemos amarnos como se aman los niños? ¿En qué momento cruzamos esa línea en la que el amor propio se pierde y tenemos que volver a reconstruirlo?

En plena adolescencia, además. Con los estímulos tirando de nosotros en todas direcciones. Como si no fuera suficiente con eso, **debemos construirnos una personalidad,** una forma de ser, de amar, de querernos a nosotros mismos. Que sí, que ya lo sé, que los cimientos con los que nos dotó nuestro entorno nos ayudarán en la tarea, pero... ¡no es justo!

Somos demasiado jóvenes para entender la vida y el mundo.

Nos pesa en el alma cada decisión que tomamos sin saberlo, porque no somos conscientes de que nos cambiará para siempre. El presente es inestable, más aún el futuro. Estamos al principio de un camino desconocido y, a toda esa incertidumbre súmale tener que cuidar un amor propio que no entendemos.

Qué difícil. Qué injusto. Qué responsabilidad más grande en manos de una mente aún en desarrollo.

Y aun así, es lo que nos toca vivir.

Así que aprende.

A MI YO DEL MAÑANA

Aún ni te conozco, pero te he querido desde siempre. Te encontraré en algún momento y recordaremos con cariño estos años en los que fuimos creciendo, haciéndonos adultos, sufriendo por amores tan intensos que, incluso, a veces creímos que se nos iría la vida con ellos.

Trato de soñar hacia dónde me lleva la vida, pero no soy capaz de imaginarme siquiera qué estarás haciendo, qué habremos estudiado, dónde viviremos, si habremos encontrado ese amor que tanto buscamos... si nunca habremos descuidado el nuestro.

Me da miedo pensar en todos los sueños que tengo ahora y que, quizá, cuando te encuentre, no los hayamos cumplido. Más allá, incluso, me da miedo pensar en mí visto desde nuestro futuro. ¿Estoy haciendo las cosas bien? ¡No tengo ni idea!

Todo es demasiado confuso cuando de vivir se trata. El futuro es una quimera que no dimensiono y tú, espero, tendrás las respuestas a todo lo que ahora no entiendo.

En fin... sólo quería escribirte y hacerte una promesa: **viviré tan intensamente como pueda hasta llegar hasta ti.** Quizá así entienda la vida, quizá entonces el futuro me dé las respuestas a tantas preguntas que tengo ahora.

BULLYING

Que digan lo que quieran. Que hablen, callen, señalen o rían. Que insulten, que pierdan el tiempo chocando contra tu coraza. No les des el poder de penetrarla. Que tu escudo se mantenga firme a tu alrededor. **Eres más fuerte de lo que imaginas.**

Todo pasará, ya lo verás. Vendrán tiempos mejores en los que todos esos idiotas ni siquiera formen parte de tu vida. Aunque creas que no habrá un mañana en paz, llegará el día en que sólo queden las cicatrices de estos tiempos que ahora vives. Y entenderás que te tenían miedo. **Miedo de que fueras mejor que todos ellos.** Que brillaras más, que volaras más alto de lo que ninguno se atrevería jamás a soñar.

Lo lograrás, de hecho. Porque por eso vives, por eso luchas. Por eso te levantas cada día a pesar del esfuerzo y caminas, un paso delante de otro, rumbo a la felicidad y tus sueños.

¿QUÉ SIENTO POR TI?

Qué difícil definir todo lo que siento por ti. Cada día lo tengo menos claro. Ya no sé si es invierno o verano cuando me pierdo en tus ojos. Cuando tienes que repetir mi nombre un par de veces para sacarme del trance de tu mirada, de tu risa, de ese pelo rebelde que nunca logras controlar cuando sopla el viento.

Me siento idiota cuando me descubres embelesado con tu belleza, **pero es algo que no puedo controlar.** Y tú lo sabes. Por eso tu sonrisa crece cada vez que pasas y me abrazas cada día un poco más fuerte, o eso quiero pensar. **Aún no me atrevo a besarte. Tengo miedo de hacerlo mal.** Pero lo haré, te lo prometo. O más bien, me lo prometo a mí. Seré valiente, por una vez, y me lanzaré al vacío de tus labios. **Aún no sé ni lo que siento.** ¿Es amor? Será, digo yo. Pues de tantas mariposas que siento en el estómago al verte, echaré a volar un día.

Alas. Eso siento. Alas de viento y luz, que me elevan hasta el cielo con tan sólo verte.

¿Qué siento? ¡Yo qué sé!

Y qué bonito sentir así...

PRIMERA VEZ

Demasiadas curvas por las que matarse y tanta piel que recorrer. Los pasos aprendidos son teoría que se pierde al intentar recordar qué hacer. Besos apasionados, ansiosos y nerviosos. Silencios expectantes cargados de miradas brillantes, excitadas, mientras los cuerpos se unen por primera vez. **Nadie nace aprendido,** aunque el instinto te guíe a besar allí donde nunca te imaginaste hacerlo.

Piel erizada de roces húmedos, caricias en lugares escondidos por unas sábanas que nunca imaginaron encontrarse en una situación así. No hay futuro, tampoco pasado: el presente es todo lo que importa en ese instante de pasión en que te quitas al fin la venda que te mantenía ciego al placer carnal del amor. **Será que el sexo es un fin**, **un motivo para seguir viviendo como cualquier otro.**

Y ahí, en esa primera vez, insegura, donde descubres sabores, olores, sensaciones que sólo imaginaste hasta entonces, es donde te sientes más vulnerable que nunca y, al mismo tiempo, más poderoso de lo que nunca creíste posible. El orgasmo que explota se siente como el universo entero pasando a través de ti y, por un breve instante... eternidad.

EXPECTATIVAS IRREALES

No todas las expectativas son realistas, no siempre nos marcamos los objetivos adecuados. No todas las relaciones son de película y no todos los caminos llevan a Roma. El futuro es un manto incierto que se va develando a medida que caminamos.

A veces cometemos el error de querer abarcar demasiado. Incluso en el amor, no todas las relaciones están hechas para durar una vida entera; la mayoría son escuela, lecciones que nos enseñarán a amar y amarnos mejor.

Las expectativas que te marques deberían ser acordes al momento, al tiempo, a tu presente y posibilidades de futuro. No digo que no tengas ambición, sino que llegar al diez también es un éxito, aunque quisieras haber sumado quince. **Demasiada ambición también es mala, porque te impide disfrutar de los éxitos, de las victorias de tu vida.** Te ciega y te obliga a vivir siempre demasiado deprisa.

Las expectativas adecuadas son una ciencia que tardamos mucho en entender, pero que, cuando lo hacemos, miramos atrás deseando haber aprendido a medir mejor mucho antes.

RARA

Es rara, rara de remate. Me cuesta entenderla, casi ni le sigo el ritmo. Vive en eterna primavera. Su mundo no cambia, su clima es siempre el mismo. **Sonríe, y yo con ella.** Me mira y me derrite, me enciende con sólo una caricia. Es rara, muy rara. Pero adoro su rareza.

Es única.

No hay nadie como ella.

En su pelo de fuego se entrelazan mis ilusiones y mis deseos. Cuando ella me roza, se me cae el cielo y se me detiene el corazón a mitad de un latido. Se crea un vacío tan grande que sólo ella lo llena cuando me aprieta la mano y tira de mí rumbo a perdernos, sin importar dónde nos encuentre el tiempo.

Todos la miran. Sé que no le importa, aunque a mí a veces me dan celos. **Aunque sepa que no es mía, ni de nadie.** Pues aunque quisiera poseerla, no se dejaría. **Es libre.**

Y así la quiero.

REBÉLATE

¿No te parece extraño que, pase lo que pase, todo el mundo cree tener una idea mejor? Un "algo" que podrías haber hecho, que te faltó. Todos se piensan más listos en este mundo ciego de sabiduría, torpe de ingenio, falto de motivación.

Hasta que te pasa algo. Entonces todos son expertos en todo, menos en sus propias vidas. Opinan, juzgan, piensan. Y hablan, claro que hablan. No se callan, aunque lo intentes de mil maneras diferentes. Por eso, al final, bajas la cabeza esperando que terminen pronto y vuelvan a dejarte en paz.

Rebélate contra la ignorancia. Lucha por tener tu propia opinión. Equivócate las veces que haga falta y levántate siempre con cada nuevo sol. La noche no está ahí para que le tengas miedo; en las sombras también hay cosas buenas. Aprende a mirar más allá de todos los que te rodean y verás que la vida es mucho más que todo eso.

Siéntete diferente hoy. **Cree en ti, por una vez, más de lo que nunca lo has hecho.** Eres el capitán de tu barco, endereza tu nave y lánzate hacia un futuro en el que sólo te pueda dañar tu propia opinión.

No te pierdas jamás por culpa de lo que otros digan o piensen.

Vales mucho más que eso.

VIVE, SONRÍE, CRECE

Qué importa lo que digan, qué importa lo que piensen. Deja que pierdan vida opinando de la tuya. Pronto no formarán parte de tu presente y en el pasado, te lo prometo, no tendrán el peso que sientes ahora.

Igual que hay mucha gente buena en este mundo, también hay mucha gente mala. **Piensa en qué quieres ser tú.** No dejes que apaguen tu luz con sus sombras; no saben brillar si no es apagando a los demás y tú brillas demasiado como para que consigan apagarte. Por eso te tienen miedo. Porque te sales de lo común y destacas más que todos ellos.

Acéptate tú y deja que hable el resto.

No están en tu futuro, ninguno de ellos. Tu futuro eres tú. Tus reglas, tus normas, tu vida. Y harás grandes cosas con todas las lecciones que te deja esta primavera que ahora vives. Por eso... ¡qué importa lo que digan! Aunque sé que es imposible hacerse el sordo eternamente y muchas cosas duelen, no les des el placer de ceder frente a ellos. **No juegues a su juego.**

Vive, sonríe, crece. Ésa será tu mayor victoria sobre todos ellos.

VACACIONES

"Vivimos para trabajar", es algo de lo que te das cuenta de repente un día. Nos levantamos cada mañana con la necesidad de generar dinero con que seguir viviendo. O, más bien, con que seguir trabajando, pues la jornada laboral son seis días y sólo nos queda uno para descansar. ¿Sabes cuántas semanas tiene el año? Cincuenta y dos. Cada año "descansas" cincuenta y dos días y trabajas trescientos trece.

No está bien balanceado, necesitas más vacaciones de las que tienes. Muchas más. Quince días extra de vacaciones al año no suponen mucha diferencia si se comparan con el tiempo que dedicas a trabajar. Y eso sin contar a quienes tienen hijos, segundos trabajos y mil cosas más que consumen siempre el tiempo de descanso. Piénsalo... **Se nos escapa la vida trabajando.** Ojalá que pudiéramos frenar de verdad de vez en cuando, sin que existiera el estrés de todos los pagos pendientes que acechan cada mes.

Si las vacaciones se extendieran todo un año, ¿qué harías entonces? ¿Empezarías algún proyecto? ¿Harías por fin ejercicio? Nunca lo sabremos porque, por desgracia, nunca tendremos tanto tiempo... hasta que seamos viejos.

CIMIENTOS

Me duele el corazón y no es de amor, al menos no del amor por el que siempre me dijeron que me dolería. Me duele de esperanza e ilusión. De una meta que, ahora sé, ya no forma parte de mi camino.

Duele tanto o más que un desamor... quizá también me ha roto el corazón y por eso me siento así. Saber que lo intenté no calma esta sensación de derrota en mi pecho. **Ahora resulta que no todo se logra, aunque luches por ello.**

La vida y sus tiempos son un misterio. No siempre se gana, no todas las historias tienen finales felices y, peor aún, las metas no siempre se cruzan, a pesar de todos tus esfuerzos.

Y duele. Vaya si duele. Más de lo que imaginas. La derrota nunca fue una opción y por eso, cuando llega, duele más, porque te habías ilusionado tanto como cuando te enamoras.

Qué bonito, ¿verdad? Que algo te importe tanto que te haga sentir así... aunque pueda llegar a doler.

No desesperes.

Todo corazón roto tiene arreglo. De las derrotas: cicatrices y lecciones, cimientos sobre los que construir todos los éxitos que aún tenemos por delante.

EQUIVÓCATE

Está bien equivocarse, cometer errores, tomar malas decisiones ahora que todavía somos jóvenes. Creemos que lo que decidamos en este momento será para toda la vida, pero no es así: puedes equivocarte de carrera, de pareja, de amistades. **Puedes equivocarte mil veces y no habrá pasado nada.**

Quizá algunas cosas duelan, pero nada te matará; serán lecciones que te hagan más fuerte, que te ayuden a encontrar tu verdadero "yo". **Desde muy jóvenes nos obligan a tomar decisiones demasiado importantes y nadie nos dice que está bien que nos equivoquemos.** ¿Qué podemos perder? ¿Algo de tiempo, quizá? ¡Qué importa! Habremos crecido como personas, y siempre podremos volver a empezar. Es lo bonito de la vida: nadie puede decirte cómo se vive en realidad. Nadie tiene las respuestas a todo ni la certeza de que esto sea así o asá. Aunque se mientan a sí mismos y piensen que en sus manos está la única verdad.

No es cierto, no les creas. Vive como te dé la gana, equivócate las veces que haga falta, pero no dejes de caminar, de aprender, de crecer.

Te encontrarás, te lo prometo. Sólo tienes que atreverte.

VERANO

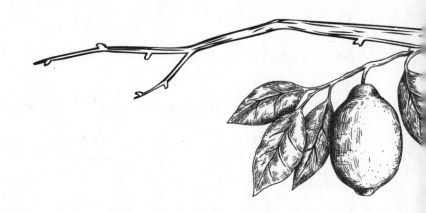

Y DE REPENTE, ADULTO

Es curioso el sentimiento de hacerse adulto; uno no se da cuenta hasta que sucede, cuando algo lo detona. Un niño en la calle nos llama "señor" o "señora"; alguien nos felicita por nuestro cumpleaños y la edad retumba en el eco de nuestra consciencia; o, simplemente, al mirarnos en el espejo y, por primera vez, darnos cuenta de que ese que te devuelve la mirada ya no es aquel adolescente de hace cuatro días.

Una chispa en el viento, un suspiro callado, un rayo de luz que viene y va, danzando entre las ramas verdes que se extienden hacia el sol tratando de retener el recuerdo de cada centímetro ganado al cielo.

Y, de repente, ya eres adulto. Una persona cargada de responsabilidades, de metas, de horarios. Te despiertas una mañana y ya eres un adulto responsable de su propia vida. Un niño atrapado en el cuerpo de un hombre. Peter Pan rompiendo su promesa imposible.

LOS AMIGOS NO SE BESAN

¿Qué somos? Me gustaría tenerlo mucho más claro. Los amigos no se besan como tú y yo nos besamos. No tienen esta magia, mucho menos la conexión que siento contigo. Nos cuidamos como nadie y queremos siempre más y más de nosotros. Y tus besos... tus besos son calientes y vivos, me encienden el alma y el corazón.

Los amigos no hacen eso. No se acarician hasta en los recuerdos ni caminan abrazados a todas partes. **Somos mucho más de lo que te gustaría** y no sé si es miedo o vergüenza o incluso el no querer romper nuestra amistad, pero ya no somos los amigos que éramos. Eso cambió la primera vez que nuestros labios se juntaron.

Ahora somos todo lo que nunca quisiste que fuéramos. La *friendzone* me quedó pequeña, supongo, aunque te cueste reconocerlo. Quizá yo tampoco quería que pasara esto. Se murió una amistad, nació un amor. O, al menos, nacerá... si es que no lo matas antes de alzar el vuelo.

¿Estás tan confundida como yo? Diría que más, incluso, pues al menos yo tengo claro que ya no quiero otros besos que no sean los tuyos. **Estamos al principio de algo**

que puede ser maravilloso, si lo dejas crecer. Veamos a dónde nos lleva porque, honestamente, ya se jodió por completo la amistad que teníamos y estaría increíble no perdernos del todo.

Deja que suceda. Arriesguemos el amor y confiemos en que merezca la pena.

LA ILUSIÓN EXPECTANTE

Me gusta pensar en ti como la constante que me acompañará el resto de mi vida. Un camino de decisiones, de momentos, de risas, tristezas y alegrías. Un amor que no se marchite, por mucho que el otoño aceche. Un corazón valiente que se siga enamorando de mí cada día, aunque no sea la opción más fácil, aunque choquemos y nos odiemos a veces... Porque eso es el amor: chocar, odiar, amar, aceptar y mil cosas más. Todas juntas y revueltas, en un orden tácito que casi nadie comprende.

Me encanta encontrarte en el otro lado de mi cama. Abrazarte en las noches más frías porque sé que tu calor nos envuelve a los dos. Saborear tu piel, tu cuerpo, tu infinito sin temor al presente, por mucho que hayamos cambiado, con la ilusión intacta y expectante de todo lo que tenemos por delante.

UNA NOCHE Y NUNCA MÁS

Perderme entre tus piernas, eso quiero. Llevarte al cielo y bajarte a la tierra, todo al mismo tiempo. Empujar fuerte mi mundo contra el tuyo, navegar en el horizonte de tu cadera y naufragar siempre en la orilla de tu mar. Que tus labios recorran mi cuerpo buscando secretos que encontrar, allí donde nadie supo mirar más allá de la piel. **Encender el fuego en el invierno.** Apagarlo sólo cuando el cielo ilumine que ya fue suficiente... por esta vez.

Llevarme tu sabor en la boca, en los dedos, en la vida y en el futuro, que nos cuestiona, al fin, si somos ese "para siempre", que nunca encontramos, o sólo dos galaxias chocando en el vacío de **una noche... y nunca más.**

DÉJAME QUERERTE

Déjate llevar por todo esto que sentimos, no lo frenes. Entrégate a mí como yo intento hacerlo contigo. Sé que podemos, aunque el amor haya dolido demasiado en el pasado: seamos dos valientes que se arriesgarán de nuevo; no me dejes solo en el esfuerzo.

Déjame darte todo lo que tengo para ti. Me pesan en los labios las ganas de comerte entera, de volar alto pegado a tu cadera. De mañana y futuro. De un mundo a tu lado.

A la vida hay que enfrentarla de la mano, juntos, para que entienda que nadie más nos hará sufrir.

Quédate con todo lo que tengo para darte, aunque creas que no es mucho. Te prometo que lo haré crecer. Todo esto que tenemos me grita que somos ese "para siempre" en el que nunca creí. Espero que tú también lo sientas así, aunque te esté costando abrirte a mí. Será que el pasado aún pesa, que el dolor no cesa por mucho que sonrías cada día. Es una fachada que no me engaña ni asusta, pues sólo quiero formar parte de todo ese mundo tuyo que, quizá, no ha sido demasiado justo hasta ahora.

Verás cómo no duele, cómo se siente, cómo merece la pena arriesgar el corazón una vez más.

Déjame, te lo suplico. **Déjame quererte bien.**

TRABAJO, TRABAJO, TRABAJO

Llega un punto en la vida en que todo parece girar en torno al trabajo. Te levantas, vas a la oficina, trabajas, vuelves, cenas y duermes. Vuelta a empezar. Día tras día. **Rutina asesina que no te deja mirar más allá.** Porque... ¿cuándo hacerlo? Si cuando llegas a casa lo último que quieres es ponerte a pensar.

Por eso vemos tanta televisión, por eso leemos mucho menos. Porque estrujamos nuestro cerebro todo el día y, al final, éste sólo quiere descansar. No pensar. Reposar hasta que la rutina vuelva a empezar.

Y así nos va.

Con la vida en pausa hasta que despertemos un día, jubilados al fin, y listos para empezar a vivir una vida que nos grita que ya es demasiado tarde.

Ojalá abras los ojos.
Ojalá vivas.
No dejes que el trabajo consuma tus días.

ERES TÚ

La que me roba sonrisas cuando ni siquiera quiero, la que me besa los miedos y me peina la calma. El sueño esquivo de una noche de invierno, la primavera en tu mirada antes de meternos debajo de las sábanas. El calor de un verano al sur de tu pecho, el aire que me falta cuando suspiro tu ausencia.

Eres la poesía personificada, el verso que te robo cuando tus labios me llaman y no puedo controlar las ganas de morderte los "te quiero". Eres un milagro, la persona que nunca pensé que encontraría.

El amor de mi vida.

Eres el vestido de novia que se enredará cuando bailemos, el "sí quiero" cada día. Un mañana juntos que nunca acabe, el futuro que construiremos juntos y en el que viviremos nuestros sueños.

Un equipo invencible, porque incluso de la derrota saldremos vencedores y cargados de lecciones que nos hagan cada día mejores.

Eres todo lo que sueño, lo que quiero, lo que anhelo.

Eres tú, la persona que siempre esperé encontrar.

Y yo... sólo espero estar a la **altura de tu amor.**

CUANDO NO SEPAS QUÉ REGALAR

Regálame tiempo, olvida toda prisa. Desconecta del mundo conmigo. Trae una cerveza, risas y olvido. Quédate a mi lado en mitad de una tormenta. Abriga mis miedos de esperanza y alegría.

Regálame futuro. Una promesa que nunca se pierda. **Cumple tu palabra cuando la pongas en la mesa.** Abrázame fuerte, para que siempre sepa que, por muy arduo que sea el camino, siempre te tendré ahí para ayudarme a subir la cuesta.

Regálame vida. Un pedacito de presente envuelto en experiencias. Sácame a bailar, aunque no quiera. Písame los miedos. Ayúdame a doblar la esquina que nunca giro, a decir lo que pienso a quien siempre me calla. Sé roca en mi río, pero al mismo tiempo nada conmigo.

Regálame sonrisas, que no son tan caras. Que te escondas conmigo un ratito, aunque no haya fantasmas. Inventemos un planeta con miles de estrellas. Volemos alto... para qué tener los pies en la tierra.

Regálame cinco minutos más cada día que vengas a verme. De esa forma, al mirar atrás, siempre recordaremos los cinco minutos que crearon todo esto.

AMIGOS

No todo el mundo sabe ser amigo porque requiere de un esfuerzo demasiado grande para algunas personas. Los egos y las envidias hacen mucho daño y a veces una mirada es suficiente para leer los males. Te das cuenta de que no te felicita, que no te escribe primero, que eres tú quien tiene que dar siempre un poco más para mantener viva esa amistad. A veces basta con dejar de escribir mensajes tú primero para descubrir quién realmente está ahí y quién nunca más. Se delatan a sí mismos porque, simplemente, no quieren hacerlo. **No les interesa saber de ti, sólo hablar de ellos.**

También hay muchas personas que son lo opuesto, que siempre están a una llamada de distancia para echarte una mano, que se interesan genuinamente por tu éxito y celebran las victorias que les cuentas y sufren contigo los fracasos. **Amigos hay de todos los tipos y colores.**

A medida que crecemos, aparecen nuevos, se pierden otros. La vida marca el ritmo y no todos son capaces de seguirlo. Hay quienes se harán viejos contigo y quienes habrán formado parte de tus días un tiempo. Y qué bonito, pues de todos aprendemos, de todos vivimos y soñamos, reímos y sufrimos. **Ojalá que ciertos amigos sean eternos.**

HE DECIDIDO RENUNCIAR A TI

Hoy he decidido renunciar a ti. No fue fácil ni tampoco algo improvisado. Te amo, no creo dejar de hacerlo, pero hoy renuncio a ti. Renuncio a tus labios, a tus brazos, a tu amor. Renuncio a todo lo que fuimos y, más difícil aún, **a todo el futuro que imaginé contigo.**

Ya nunca más latiremos juntos. Mi corazón se va conmigo, aunque me da miedo pensar siquiera cuánto de él se quedará contigo. El dolor se me clava en la incertidumbre de si será la respuesta correcta. Decirte adiós, digo. Porque todo mi ser me pide que me quede, aunque mi cabeza sabe que mi lugar ya no está a tu lado.

Por eso renuncio a ti. Para siempre, por lo que nunca fuimos. Nos condenaron demasiadas cosas y no hay forma alguna en que siga poniéndote a ti primero. **Me toca amarme todo lo que no supiste hacerlo tú.**

Te digo adiós con certeza, pues no quiero volver nunca a ti. He decidido renunciar a todo lo que tenga que ver contigo y, por una vez, conseguiré que se cumpla.

Sé perder.

Y, para nosotros, **se perdió el futuro.**

ME TENGO QUE IR

Me tengo que ir y no quiero. No puedo. No me siento preparado para romper con el pasado y avanzar de nuevo desde un principio que ya viví demasiadas veces. **No sé cómo abandonar lo nuestro a pesar de estar solo en este dolor.** La vida sigue pasando a mi alrededor mientras sufro y sangro por esta herida que me dejó nuestra relación.

Imbécil.

Así me siento cada vez que pienso en ti y te anhelo de nuevo, a pesar de que nos hemos hecho demasiado daño como para imaginar siquiera que tengamos algún otro futuro que compartir. **Me tengo que ir ya de aquí y no consigo encontrar las fuerzas para hacerlo,** aun cuando sé que se me escapa la vida entre tanto dolor, que me volveré a enamorar de nuevo, que habrá alguien mucho mejor esperándome en la esquina donde nunca doblo por seguir esperándote; a pesar de saber que nunca volveremos a estar juntos.

Me tengo que ir, tengo que avanzar y salir de aquí. Tengo que ser fuerte, tanto como lo era para ti. Un pilar que nunca temblaba y, aun así, se quebró en dos con la fuerza de este adiós.

Tengo que huir ahora que aún estoy a tiempo, antes de que las sombras me abracen por completo y no me suelten. Antes de que el recuerdo de todo lo malo se endulce y parezca bueno. **Nada engaña más que una ruptura.** Cuando te preguntas si todo lo que nos rompió realmente fue tan malo...

¿Ves? Me tengo que ir ya, porque si no, quizá, te vuelva a buscar... y ninguno de los dos merece eso.

NO SÉ CERRAR LA HERIDA

Duele demasiado pensar en ti y darme cuenta de que ya sólo eres recuerdo. No poder tocarte, sentirte... me parte el corazón cada vez que mis manos te buscan en el vacío de esta vida sin ti. Sé que tengo que dejarte ir, vaciarme para llenarme de nuevo. **Llorar todo lo que tenga que llorar antes de poder volver a sonreír.**

Me sé la teoría de todo lo que se supone que tengo que hacer para superarte, pero no es fácil estar sin ti. Aún sigo volteando cuando en la calle me cruzo con alguien que lleva un perfume como el tuyo. Se me frena la vida en un segundo y me cambia el humor demasiado rápido. Aún no estoy preparado para que no estés y, sin embargo, te fuiste. No pude ni despedirme como me habría gustado. Tanto que decir y... sólo ausencia.

La herida no deja de sangrar, me siento imbécil por seguir abriéndola de nuevo al cortarme una y otra vez con el filo de tu recuerdo. No sé dejarte en paz, darme a mí mismo la paz que merezco y dejar de soñar siempre con tu regreso imposible.

Ojalá que en la escuela también nos hubieran enseñado a manejar todo esto, porque lo que siento ahora sin ti es el dolor más grande al que me he enfrentado en toda mi vida y no estoy sabiendo avanzar.

QUERERME FUE SUFICIENTE

Quererme fue todo lo que necesité para darme cuenta de que todo lo que vivimos juntos no fue suficiente. Que los días pasan demasiado rápido si no los frenas y, a veces, no captamos todo lo que tenemos a nuestro alrededor. Una caricia que no me llena, un "perdón" que siempre llega tarde.

Quererme fue todo lo que hizo falta para decirte adiós. Dolió. Me rompió el corazón en mil pedazos, aunque todo fue mejor cuando me di cuenta de que la vida sin ti era una oportunidad de recomponer mi propio rompecabezas, de volver a juntar todos los pedazos en un corazón más fuerte, en el que sólo quedarán las lecciones que aprendí de ti. Las malas... pero también las buenas.

Quererme me hizo más fuerte, me alejó de ti. Me quité la venda que ocultaba tus mentiras y **le puse fin a algo que no debió durar tanto tiempo** (¿perdido?, quizá sí); tiempo que no volverá conmigo, pero "arrepentirse" será siempre un verbo malsonante dentro de mi diccionario.

Quererme me devolvió las ganas de vivir. Qué increíble, no bastó con quererte para quererme a mí. Fue la mayor tontería esperar que ocurriera algo así, ahora lo entiendo. Ahora aprendo. Tarde, como siempre, pero... justo a tiempo.

Quererme fue suficiente para entender que tú no me querías. No como yo me merecía. **No como debería ser el amor.** No es sano amarse como nosotros lo hicimos, por eso ahora trato de compensarme todo el daño que me hice por querer seguir contigo.

Quererme fue todo lo que necesité para abrir los ojos, al fin, a una vida sin ti.

YO TAMBIÉN MEREZCO SER FELIZ

Me ha costado mucho entenderlo. Nos castigamos demasiado a nosotros mismos, pero la realidad es que no tenemos que hacer felices a los demás antes que a nosotros. Tenemos el mismo derecho a ser felices que cualquiera, aunque a veces nos cueste un mundo entenderlo. **Pensamos que somos egoístas por ponernos a nosotros primero... y estamos completamente equivocados.**

Así debería ser siempre: buscar nuestra felicidad primero, antes de preocuparnos por los demás.

Yo también merezco ser feliz, por eso me esfuerzo en quererme cada día un poco más. Hagamos del amor propio una costumbre, una prioridad. No dejemos que nos pesen tanto las opiniones ajenas. El mundo es de los valientes que se atreven a ponerse por delante, aunque eso suponga aprender a soltar.

No podemos cargar con las penas de todo el mundo. Ayudar, sí. Pero nunca hacerlas nuestras. **Ya tenemos suficiente con nuestros propios problemas como para sumarnos los de los demás.**

Seamos felices. Aunque nos cueste encontrar la felicidad, nunca dejemos de buscarla.

Nos lo merecemos.

MEJOR QUE NUNCA

Y entonces llega el día en que dejas de esperar nada de nadie, en el que entiendes que tú eres todo lo que necesitas, que te puedes dar tanto amor como tu corazón te pida, salir cuando te dé la gana, reír fuerte por tus propias gracias y llorar incluso cuando te hagas daño. **Eres independiente y al fin entiendes todo lo que ello implica.** Ya no envías todos los mensajes ni esperas respuestas que nunca llegan. Tienes tu *playlist* junto a tu equipaje, la vida no espera por nadie.

Y te quieres tanto o más de lo que un día esperaste que otros lo hicieran. Te acaricias los miedos, los envuelves con la misma esperanza que te dan tus ganas de salir adelante.

Y cuando te preguntan cómo estás, sonríes, porque estás bien, en realidad. Estás mejor que nunca. Ya no buscas que nadie te dé todo ese amor que tú mismo te das. No te falta nada, ni siquiera sientes ya ese vacío dentro al pensar en soledad.

Ya no te da vértigo estar contigo. **Y qué jodidamente bonito ver cómo te amas.**

JUNTOS

Qué **bonito es ser yo, contigo.** Saber que no me haces dudar o sentir vergüenza. Qué bonito saber que te gusto, cuando a veces incluso a mí me cuesta. Sin miedo vivo a tu lado, porque sé que contigo existo libre en un amor que se merece durar toda la vida, signifique lo que signifique eso. Un parpadeo, quizá dos. Un sueño que nos despierte entrelazados en una cama que ya haya visto de todo. Un mordisco en mi hombro. Risas. Secretos a la luz de una ilusión que nunca muera.

   Qué bonito sentir que te atraigo. Que es recíproco. Que por muy opuestos que estén nuestros polos, siempre seremos complemento. Frío en invierno. Calor, cuando toque serlo, pero a tu lado, con la seguridad que me das para seguir creciendo juntos (ya sé que ya lo he dicho); pero es que juntos somos, amamos, existimos, soñamos, vivimos, follamos, cantamos, caemos... nos levantamos.

   Juntos avanzamos en esta vida. Equipo. **Eso somos, el mejor puto equipo.**

   Porque simplemente nadie nos gana porque nadie juega en nuestra liga.

MI PARAÍSO

Hoy te vi al borde de mi locura, rozando mis ganas de caer por el precipicio de tu piel. Tus lunares fueron las estrellas que guiaron mi lengua más allá de tu ser; fueron una galaxia entera que explotó con nosotros al mismo tiempo, apretando fuerte dos mundos que al fin se unieron. Una batalla de sudor y lágrimas felices de saber que encontramos, al fin, un alma pareja, un esfuerzo sincero, un amor a tiempo que nos salvó de la caída, de todo lo incierto. Mientras te beso allí donde me dejas, sin pedirte permiso, y me clavas las uñas en el futuro para que no me salga antes de tiempo rumbo a cualquier lugar sin ti, aunque jamás haría eso. **En ti encontré mi paraíso,** inflamables en el fuego que nos quema la piel.

Ya no me arden las ganas de ti, porque al fin te tengo. Ahora me queman los miedos. No saber qué hacer. **He aprendido por las malas a amar bien,** aunque sigo sin ser experto. Somos un par de novatos que creen que pueden escaparse del mundo haciendo el amor.

No pienso cagarla esta vez. "Te he visto diosa, también humana", como decía Elvira Sastre. **Te he amado antes**

incluso de saber que lo hacía. Eres la mujer que esperé toda mi vida y, por eso, al verte hoy así, entregada a nosotros, amándome en silencio con besos de futuro, sé que encontré mi paraíso escondido en tu metro sesenta, melena morena y ojos del color de la luna llena.

EL PLACER DE TENERTE

Tengo ganas de ti. Ganas de acariciarte lento en la intimidad de nuestro cuarto. Ser luna que ilumine tus orgasmos, demostrarte que el amor se puede sentir tan dentro como nunca imaginaste. Latir juntos al compás de un ritmo que sólo nosotros somos capaces de escuchar. Que tus gemidos sean la banda sonora de la noche más bonita que hayamos vivido jamás.

Tengo ganas de abrazarte fuerte, sentir en mi piel el tacto de la tuya. La suavidad de nuestros mundos chocando una y otra vez como la marea en la playa que nos vio nacer. Agua de otros mares ya no sacia mi sed, **sólo tú sabes dónde morder.**

Tengo ganas de hacernos el amor en tantas formas como nos dicte la imaginación. Encontrar las respuestas a aquellos pasados en unos labios ansiosos de conocer siempre un poco más, aunque ya no quede nada por conquistar. El hambre que no se cansa de rugir mientras la noche avanza.

Tengo ganas de quererte bien. De darte tantas alegrías como placer. Que la vida que nos espera brillante siga teniendo paciencia con estos amantes que se creen capaces de detener el tiempo cada vez que se unen en uno solo. Somos mucho más que ayer, por suerte. Y conocer tus curvas no hace que no sienta vértigo cada vez que te desnudo, pues sé que demasiados se han matado por no saber tomarlas bien.

Acepto el reto, claro.

No podría volver a una realidad en la que tú no estés.

VIVIR CONTIGO

Quiero vivir contigo, despertar cada mañana en el sueño de tu abrazo, de un amor que crecerá al calor de un hogar que construyamos juntos. Un verano feliz, y luego otros mil. Una familia con la que compartir.

Quizá sueño demasiado rápido, pero es que contigo sólo pienso en futuro. Quiero empezarlo ya, dar el siguiente paso en nuestra relación. Compartir renta, gastos y baño. Dicen que ahí es donde se pone realmente a prueba el amor. Una convivencia diaria que nos demuestre que estamos hechos para durar... o no. Aunque yo no tengo ninguna duda de que el mañana es nuestro.

Quiero vivir contigo, ya mismo, pues no aguanto más mis ganas de tenerte a diario, de abrazarte en tus momentos de miedos y dudas. Te prometo, aunque pueda parecer que vamos demasiado rápido... o no (quién sabe o qué importa), sólo nosotros podemos decidir cuándo es el mejor momento. **Por una vez, lo tengo todo claro, sin dudas, acerca de este paso.**

Vivamos juntos, cada día, por el resto de nuestras vidas; ése es el compromiso, aunque pueda sonar gigante. Imagino un mañana eterno que nunca acabe, un mañana eterno perdido entre tus brazos, y el deseo de hacerte el amor en cada rincón de un hogar que nos cuide, nos abrigue, nos vea crecer como pareja y familia.

Quiero vivir contigo. No por prisa, sino porque cada parte de mi ser lo ansía.

EL ÚLTIMO TEXTO DE ESTE LIBRO

¿Te sorprendería saber que éste es el último texto de este libro? Puede que te engañe su lugar. No está al final, como quizá debiera, sino en este verano que en realidad ahora vivo. **Soy joven, aunque a veces me cueste admitirlo,** y escribo este libro en el orden que me da la gana.

Quizá las estaciones que defino no sean iguales para todos, que el verano que yo siento como la flor de mi vida sea en realidad el invierno sombrío de otra persona. No lo sé. Sólo sé que vivo siempre de esta manera. Inconforme, eso soy, pues me cuesta mucho seguir las reglas. Por eso aquí te coloco el final, en la mitad del libro. **Una pequeña invitación a reflexionar que la vida, quizá, se acabe mañana y esta estación sea la última que vivirás.** ¿No es el momento perfecto para abrazar? Eso haré yo ahora, con el último punto final de este libro. Abrazaré a mi esposa, pasearé a mis perros. Contemplaré el cielo un rato, suplicando siempre un poco más de tiempo.

Éste es el último texto de este libro, y lo voy a colocar en verano pues a mis treinta años recién cumplidos siento que aún no he llegado al ecuador de mi vida.

Me voy, se acabó el libro. **Gracias por leer,** por amar, por vivir.

A MI VIDA, TÚ

Eres el amor de mi vida. La constante que siempre soñé en mi camino. Una roca en la tormenta, un abrazo en el frío. Un "te amo" a tiempo, para que nunca dude. Unos labios que no se cansen de besarme. **Un "para siempre" que sí sea eterno.**

Eres un verano en la playa, cargado de recuerdos. El ciclo del amor, al fin incompleto. Llegaste y te quedaste, hiciste hogar de este corazón roto y ahora resulta que ya no sé vivir sin ti. Mi vida sin ti no brilla tanto como contigo dentro.

Y qué bonito saber que estás ahí incluso en los peores momentos. Cuando ni yo mismo me soporto, te quiero por todo ello. Y te extraño cuando me faltas y me faltas cuando no te tengo, cuando mis labios te buscan y no estás ahí. Qué dramático, ¿verdad? Aunque dos minutos sin ti parezcan eternos.

Qué suerte tenerte, qué suerte compartir vida y sueños.

SÍ QUIERO

Sí quiero casarme contigo, pasar la vida a tu lado, amarte y respetarte, despertar junto a ti cada día y abrazarte cada noche. Tenerte en presente y soñar nuestro futuro.

Hacerlo realidad.

Llorar de felicidad y reír de puro miedo. ¿O era al revés? Yo sólo sé que no sé nada más que amarte y que mi mundo, patas arriba, será el caos que complemente tu orden. **Que te dé paz saberte en mi abrazo, que me dé vida saberme en el tuyo.**

Porque sí quiero morir a tu lado, envejecer contigo y, al mirar al pasado, recordarnos hoy, aquí, con las manos entrelazadas igual que nuestras vidas. Porque ahora, primero nosotros. Y luego, también. Y siempre, que eso somos: equipo y unidad.

Futuro. Presente. Pasado.

Juntos.

SERÉ UN BUEN PADRE

Tenerte en mis brazos por primera vez. Manos de juguete, uñas tan diminutas que parecen irreales. Unos grandes ojos negros que escrutan mi sonrisa valiente. **No sé cómo ser padre, pero seré el mejor papá para ti.** Me esforzaré tanto o más de lo que piensas y quizá un día me rompas el corazón, pero yo lo daré todo igualmente, porque un amor así de sincero sólo existe fraternalmente. Abrazarte casi con miedo a romperte. Besarte, olerte, saber que eres parte de mí, de tu madre, heroína que te trajo a este mundo nuestro que hoy crece. Y serás feliz, lo juro, y lo haré lo mejor que pueda... aunque todavía siga siendo aquel niño que ahora juega a ser padre.

¿En qué momento crecí? Quién sabe.

Pero aprenderé, ya lo verás. Seré un buen padre.

Me lo prometo a mí y te lo prometo a ti, aquí y ahora, porque la vida que vivía ha cambiado para siempre y la tuya será una aventura increíble en la que siempre tendrás un brazo tendido en que apoyarte.

Qué increíble. **Acabo de conocerte y ya te quiero más que a nada en este mundo.**

TIEMPO MUERTO

Pongamos el tiempo en pausa un momento. La vida, entera, que se detenga. Un tiempo muerto que nos ayude a mirar a nuestro alrededor y entender si realmente estamos donde queremos. Éste es el momento perfecto en la vida para saber si estás en el camino correcto. Las metas que te marcaste, ¿ya las cruzaste?

Es más, ¿disfrutaste al cruzarlas o simplemente te marcaste metas nuevas?

Hay que pedir un tiempo muerto de vez en cuando. Revisar la vida con otros ojos, alejarse un poco del día a día para entender mejor hacia dónde te están llevando los pasos. Estás a tiempo de hacer todo lo que quieras, lograr tus sueños, crear recuerdos de los que no te arrepientas. O sí, da igual, pero que vivas todo lo que tengas que vivir de forma consciente. **Que seas tú, y no tus pies, quien decida hacia dónde caminar.**

Estás a tiempo de todo, sólo... frena, respira y mira a tu alrededor para ver si realmente vives como sueñas o sólo sigues soñando indefinidamente con una vida diferente de la que vives en realidad.

A VECES ME GUSTARÍA
NO SER PADRE

No sé si la vida es más difícil por ser padre o no. Creo que inevitablemente cambia, que la dinámica en casa evoluciona y el tiempo libre también es diferente, pues rara vez vuelves a estar solo. Si vas al súper, a pasear o a cualquier lugar, lo haces siempre en familia. O, al menos, llevas a tu hijo contigo. **No me estoy quejando,** pero me pregunto si eso hace que la vida sea más difícil de lo que era antes, cuando tus máximas responsabilidades eran otras, bien diferentes.

Es bonito ser padre, aunque a veces me gustaría no serlo. Amo a mi hijo con todo mi corazón, que no se malinterpreten mis palabras, pero también está bien echar de menos las personas que éramos antes de ser papás. Nadie te prepara para este cambio tan grande que sufrirá tu vida. El equilibrio que creías era sólido desaparece. Todo gira en torno a un nuevo centro y te toca adaptarte para conseguir ser feliz con el cambio.

Ganarás, eso sí, miles de cosas maravillosas que sin un hijo jamás habrías experimentado. Y está bien echar de menos el pasado, pero también está bien disfrutar del presente que ahora vivimos y del futuro que nos depara todo este esfuerzo compartido en familia.

Me gusta mi vida de ahora, igual que me gustaba mi yo del pasado.

Qué raro se siente pensar en uno mismo como **dos personas diferentes.**

OTOÑO

MEDIA VIDA

Somos pedazos de ilusión que mece el viento. Intentamos agarrarnos a las ramas de los árboles que nos rodean en este bosque inmenso que es el mundo. A veces lo logramos; otras, seguimos volando hasta encontrar la rama perfecta que soporte el peso de todas nuestras decisiones.

Ya he vivido media vida. A veces me da miedo pensarlo, pero, al mismo tiempo, miro al futuro con las ganas intactas. Quiero seguir viviendo, amo la vida: *mi* vida. Mi familia y amigos, mi mundo. Este que he creado a mi medida y en el que paso mis días en perfecta sucesión. He aceptado las canas, pensamientos de plata que se escapan de una mente que, quiero pensar, sigue siendo joven. También me he aceptado a mí, con todos mis errores. **No es fácil ser padre, nos equivocamos demasiadas veces.** No aprendimos nada de los nuestros. Siempre los vimos como esa figura de autoridad que imponía reglas que, por supuesto, ahora al fin comprendemos.

¿Qué piensan mis hijos de mí? Aún me lo sigo preguntando a pesar de todos sus "te quiero". Y es que, precisamente, la huella que deje en ellos me importa más incluso que la que dejaré en esta vida y este mundo, porque ellos son motivo y causa, orgullo y tristeza al mismo tiempo. Orgullo por ver en lo que se han convertido; tristeza por saber que no viviré para verlos llegar a viejos.

Qué ironía, el tiempo.
Qué curiosa, la vida.

ECOS DE LA MEMORIA

En el otoño de nuestra vida, el viento nos trae ecos de memoria, susurros que resuenan en nuestro corazón, nos encienden el alma y nos transportan a lugares y momentos ya vividos, casi olvidados, experiencias que dejaron huella en lo más profundo de nuestro ser.

Cada eco es una emoción, un sentimiento que nos envuelve y fluye a través de nosotros como el agua de un río, llevándonos en un viaje por las corrientes de nuestra historia personal. Desde el amor que casi fue hasta las risas compartidas en días soleados con personas que ya no están a nuestro lado, **somos el resultado de todo lo vivido,** de cada encuentro y despedida, de cada sueño y desilusión.

Los ecos de la memoria nos invitan a abrazar nuestra humanidad, a aceptar con amor y compasión todas las cicatrices que hemos acumulado en nuestro caminar. En cada uno de estos ecos encontramos una lección, una enseñanza que nos ha moldeado y que ahora se convierte en la sabiduría que compartimos con aquellos que nos rodean. Somos portadores de historias, guardianes de emociones que han dejado su marca en nuestro corazón.

Y así, con el viento otoñal acariciando nuestros rostros y susurrando sus melodías en nuestros oídos, nos sumergimos en los ecos de la memoria, reconociendo que, aunque el tiempo avance y las estaciones cambien, **siempre llevaremos con nosotros el legado de nuestro pasado,** las vivencias y emociones que nos han hecho quienes somos. En la melancolía y la belleza de estos ecos encontramos la esencia de nuestra existencia, un canto de amor y gratitud que resuena en el otoño de nuestra vida.

ME GUSTAS TANTO

Me gusta mirarte en mitad de la vida y tratar de guardar en mi retina el recuerdo de ese instante de fugaz rutina, de felicidad tranquila de quien vive y nada más. Las expectativas del futuro nos pesan demasiado, por eso me gusta mirarte y sonreír, ser feliz contigo, en cualquier instante.

Me gusta besarte con los ojos abiertos de presente y brillantes, ahora sí, de futuro. Porque no me pesan en absoluto las ganas de seguir compartiendo todo contigo, pues nadie más me acelera el corazón de la forma en que tú lo haces. **Me siento más vivo que nunca sólo por rozar tus labios,** acariciar tu suave piel en la intimidad de nuestro amor y suspirar a medio centímetro de ti las ganas que te tengo.

Me gusta abrazarte para que sepas que nunca te dejaría caer. Cuidarte tanto como me cuido a mí, incluso un poco más, porque mi mundo vibra sólo por tenerte aquí. Somos dos que se conocieron tarde, pero que disfrutan de haberlo hecho a tiempo para seguir creciendo juntos. **Me encanta saberme motivo de tus sonrisas,** atrapar al vuelo el reto de tus miradas y dormir siempre bien pegado a tu cadera para que sientas que nunca te faltaré.

Me gustas tanto que no sé ni cómo expresarlo con más claridad. Dejaré que mis actos traduzcan las palabras que me faltan para expresarte todo el amor que me haces sentir.

ERES UN SUEÑO HECHO REALIDAD

Me gusta verte en la mañana, cargada de sueños, abrazada a la almohada. Ya no sé cómo se sentía dormir del lado derecho de la cama porque desde que compartimos casa te adueñaste de él, y yo me atrinchero en mi mitad, sabiendo que las sábanas serán tuyas y el centro es un espacio perdido. Es una batalla de media vida, tierra de nadie que lleva tu nombre y tu cuerpo. Y yo, fiel escudero de tu cuerpo en la noche, **me duermo siempre feliz de tenerte a mi lado.**

Conozco cada arruga de tu piel, cada lunar y cada cicatriz. Eres el amor de una vida. Un abrazo en la oscuridad de la noche que me acompañe hasta el alba, caricias desnudas en tu espalda vestida de luna.

Eres un sueño hecho realidad, y yo sólo un ser humano que te reza y alaba, que te besa hasta el alma, que te sueña y te vive siempre como si fuera la primera vez, porque contigo todo es mañana, pero ya podemos también empezar a mirar atrás y ser felices con la vida que hemos construido juntos.

VIVAMOS

Vivimos en constante cambio, con estaciones que van y vienen: frío, calor, invierno, verano. Nos mecemos con el viento sin saber dónde pararnos y, con el piso y los sueños temblando, nos cuesta entender que el futuro está al alcance de unos pasos. **Todo lo que sea, será, y aunque no lo quieras, pasará.** En respuesta, nos prevenimos y protegemos de fantasmas inventados que, cuando llaman a la puerta, no resultan ser para tanto.

Me pesan en el alma demasiadas malas decisiones, y las buenas no alcanzan a levantarme el ánimo, aunque sean muchas más. Qué dramáticos somos, siempre nos encanta vivir en el pasado mientras el futuro espera.

Se acaba el invierno una vez más, y llega ese verano que tanto habías estado esperando, en transiciones fugaces que son demasiado rápidas para abrazarlas a tiempo. Así es la vida, similar a un viaje en un tren de alta velocidad del que, muchas veces, no sabemos cuándo bajarnos. Nos preguntamos: ¿será ésta la estación buena? ¿Sufriré menos?

Olvídate de tanto mal. **Disfrutemos de todo lo que supone estar vivos.** Aléjate del tren de vez en cuando, quédate un tiempo más allá, donde se te acelere el corazón. No mires atrás ni adelante, vive el presente que te pierdes por tanto planear.

ME ENCANTA NUESTRO AMOR

Me parece increíble todo lo que hemos vivido. Nadie apostaba por nosotros porque éramos muy diferentes para estar juntos, pero míranos ahora: un equipo ganador al que no le pesan los años en el amor, sólo en el cuerpo. **Aunque seamos jóvenes de corazón, seguimos envejeciendo.** Y qué bonito hacerlo a tu lado, descubriendo cada día lo grande que es nuestro amor.

Y tú, a quien siempre he admirado, me sigues sorprendiendo cada día; somos pasado, presente y futuro, hoja perenne que no entiende de estación. Haga frío, lluvia, viento o calor, seguimos abrazando fuerte todo lo que tenemos, porque no se merece menos. Nos costó mucho encontrar el equilibrio entre dos mundos tan diferentes y, ahora, somos perfectos, **a pesar de que cometamos mil errores.**

Porque perfecto es aquel que lo sigue intentando a pesar de equivocarse, el que siempre se levanta después de caer al suelo; y vaya si hemos caído... pero siempre nos hemos vuelto a levantar más fuertes.

Todo es más sencillo contigo a mi lado. El amor que siento por ti es tan grande que no sé cómo describirlo.

Mejor ni lo intento. ¿Para qué, si tú ya lo sabes? No hay secretos cuando llegas a cierta edad. Ni siquiera en el alma. Y tú conoces la mía tan bien como conoces mi cuerpo.

Y eso me encanta.

NO TE CALLES

Habla, nunca te calles. Cuenta lo que sientes, lo que piensas, lo que te duele. No guardes dentro todos esos sentimientos porque al final siempre encuentran una vía de escape, y luego te arrepientes de gritar, de decir cosas que no quieres.

Comunícate siempre con todos los que te importan, porque es demasiado fácil perder a alguien cuando explotas y no mides las palabras. Por eso, **no acumules silencios,** di las cosas según sucedan para poder trabajarlas a tiempo; disfruta de la confianza que tienes con ellos para poder abrirte, aunque duela. Merece la pena.

Somos demasiado orgullosos, a veces. Y nos cuesta entender que el amor también significa enfrentar los problemas.

Abre tu corazón y tu boca, deja salir las palabras, deja que la verdad ilumine el camino, y verás cómo la comprensión y el amor pueden disipar la oscuridad y traerte de vuelta a la luz. Porque enfrentar nuestros problemas juntos, con valentía y apertura, es lo que fortalece nuestros lazos y nos hace verdaderamente humanos.

EL AMOR ADULTO

El amor adulto es como un vino añejo, que con el paso del tiempo se vuelve más intenso y profundo. Ya no es el amor de juventud, impulsivo y efervescente, sino que se transforma en una mezcla perfecta de ternura y pasión.

Es el amor de las manos entrelazadas mientras caminan juntos por la vida, de las miradas cómplices que lo dicen todo sin necesidad de palabras. Es el amor que sobrevive a las tormentas y a los años, **porque está hecho de algo más que de simples sentimientos.**

Es el amor que se construye con base en la confianza y el respeto mutuo, que se fortalece con cada experiencia compartida y cada obstáculo superado. Un amor que sabe adaptarse a los cambios y evolucionar juntos, sin perder nunca su esencia.

Es el amor que se siente en cada beso robado en medio de la noche, en cada abrazo que reconforta el alma y en cada palabra de aliento en los momentos difíciles. **Es el amor que se celebra en las pequeñas cosas,** en un desayuno en la cama o en un paseo por el parque.

El amor adulto es un tesoro que se cultiva con dedicación y esfuerzo, pero que, a cambio, nos brinda una felicidad profunda y duradera. Es el amor que nos hace sentir vivos y nos da la fuerza **para enfrentar todos los retos de la vida juntos.**

DIVORCIO

Nunca creí que lo nuestro tendría un final.

El día de nuestra boda fue posiblemente uno de los más felices de toda mi vida. Estabas tan hermosa con el vestido blanco que tanto te costó encontrar... Nunca entendí la diferencia, estabas preciosa con todos y cada uno de aquellos vestidos que descartaste.

Nos juramos "para siempre" aquel día, pero hoy nos descubrimos rompiendo aquella promesa, fallándole a nuestro amor de la peor manera. Un divorcio previsible, un silencio entre los gritos que nunca debimos permitir entre nosotros.

Cuando pierdes el respeto, lo pierdes todo.

Qué curioso sentir miedo en este momento. No sólo tristeza y enfado, también miedo a mi vida sin ti, sin el "nosotros" acostumbrado, a una casa vacía de ti, al silencio, a no volver a enamorarme.

Ni siquiera sé cómo se hace ya.

Qué injusto final el nuestro, y lo peor de todo es la consciencia de que no hay retorno; ya no nos amamos, casi no nos aguantamos. Qué ironía terminar sintiendo esto por quien llegó a serlo todo una vez.

Divorcio. Qué palabra tan horrible para el amor que un día sentimos. Y aquí estamos hoy, firmando el punto final de una historia **que creímos no lo tendría.**

RENCOR

Qué difícil palabra. Y fea, además, por todo lo que implica. Pero arrastro tanta carga en el corazón por tu culpa que las heridas me obligan a seguir sufriendo por ti. Por eso guardo este rencor en lo más hondo del alma, aun a sabiendas de que tú no tuviste la culpa de todo. Estoy ciego de dolor, de pensar en el tiempo perdido, el amor desaprovechado al lado de alguien que no se lo merecía.

Tengo los puños cerrados de ira, la garganta cortada con el filo de todo lo que me callo y no digo porque sé que sería injusto; aunque ahora mismo me importe una mierda hacerte daño, guardo silencio por mí. **Después de ti, seguiré teniendo que vivir por siempre con mi conciencia** y sé que hay pesos que no soy capaz de aguantar.

Te fuiste y rompiste una vida, te llevaste un futuro y ahora no sé dónde pisar. Avanzo entre las tinieblas de esta ruptura poniendo un pie delante del otro, sabiendo que, eventualmente, no habrá nada sólido que pisar y caeré al abismo de tu olvido.

No me gusta sentirme así, pero ahora mismo no sé manejarlo. Soy la chispa prendida que se acerca al gas, a la espera de una explosión mortal que me lleve por delante de una vez por todas y, con el fuego, se queme al fin todo el rencor que siento por ti.

Y renaceré, lo juro, con más amor del que nunca tuve para quien esté dispuesta a arriesgar su corazón junto al mío. Y no dejaré que tú y este dolor puedan conmigo. **Sé que me merezco mucho más.**

ME DUELE EL CORAZÓN

Tengo un nudo en la garganta que no se va, que no duele pero ahoga mis ganas de llamarte. Me cuesta pensar en el mañana cuando la vida se ha descubierto tan cruel. Teníamos todo el futuro en nuestras manos y ahora un pasado será lo único que compartiremos, pues no hay ninguna opción de volver.

Me duele el corazón, eso sí, de tanto que aún te quiero. Es imposible pasar del diez al cero en cuestión de segundos. **Ojalá que la vida te trate bien en el futuro.** No te deseo mal alguno. No supiste amarme como yo merezco. Tal vez no fue culpa tuya por no saber hacerlo, sino mía por no haberme dado cuenta a tiempo, antes de que doliera todo tanto como está doliendo ahora.

Yo no soy perfecto, pero hay líneas que no se pueden cruzar jamás en una relación, y una de ellas es el respeto que me perdiste cuando decidiste que lo nuestro importaba menos que todo aquello. Por eso ahora duele, porque no me lo esperaba.

Pero podré con ello. **La ventaja de este nudo en la garganta es que también me impide hablar de ti.** No traer tu recuerdo a mis labios también es otra forma de avanzar, de dejarte atrás. En ese pasado en que, creímos, nuestro amor sería eterno.

VOLVERTE A ENAMORAR

Qué curioso el amor, que cuanto más crees renegar de él, más se esfuerza en cruzar en tu camino a personas maravillosas, tentándote con su sonrisa a volver a enamorarte cuando prometiste nunca hacerlo de nuevo. Mucho menos a esta edad, cuando piensas que ya nadie podrá ver más allá de las incipientes canas, de las marcadas arrugas.

Será que se fijan en otras cosas. En la juventud de mi mirada, de mi alma. Las ganas que tengo de seguir disfrutando de la vida mientras aún estemos a tiempo. No en vano seguimos creciendo, pero aprendemos. **Las lecciones del amor son, quizá, las más importantes.** Y por eso, a medida que envejecemos, amamos cada vez mejor. Somos capaces de leer el corazón, sabemos lo mucho que a todos nos ha dolido algún amor y, por eso, abrazamos las heridas y las cuidamos como nadie supo hacerlo. **Volverse a enamorar es un reto en sí mismo,** tener la valentía de abrirte a alguien más después de todo el camino recorrido... volver a la casilla de salida una vez más y dudar de tus propias fuerzas para poder avanzar desde ahí.

Y, por increíble que parezca, se consigue. Se camina igual que siempre, se queman las mismas etapas del amor. Crecemos más, amamos más. Soñamos de nuevo con un futuro al lado de alguien que, al fin, **te puede amar como siempre quisiste que te amaran.**

CABEZA ALTA Y CORAZÓN VALIENTE

Dando pasos de cangrejo, avanzamos en el tiempo. No sabemos si vamos rectos o torcidos, pero tenemos claro que nos movemos. **Será que la vida, a veces, no se vive de frente, sino como cada uno puede.** No siempre es fácil, ya lo sabemos, pero seguir avanzando será siempre la respuesta cuando crees que ya no puedes más. Un paso tras otro, te lo prometo, te saca de cualquier dolor; es cierto que el tiempo todo lo cura, pero también lo hace la distancia. Resulta que cuanto más te alejas, menos te alcanza el dolor, y cuanto más caminas, más cosas nuevas te obligas a vivir.

Es importante no detener la vida cuando ésta se ponga difícil.

Es mejor avanzar despacio que no moverse. Lucha por seguir viviendo a tu manera, a un ritmo que te ayude a volver a sonreír. Ningún dolor dura eternamente; al menos, no con la misma intensidad: a medida que lo dejas atrás, se vuelve recuerdo, a veces pesadilla, pero el pasado será siempre su lugar. Deja que todo te resbale, que nada te afecte. Con la cabeza alta y corazón valiente, verás cómo, poco a poco, todo aquello que hoy te duele será sólo un cosquilleo en la memoria, un lugar incómodo que visitar cuando necesites recordar **todas las lecciones aprendidas.**

TE PERDONO

Te perdono por todo lo que te quedó demasiado grande. No es culpa tuya, ahora lo entiendo. Nadie nace aprendido y, a veces, equivocarse es parte del camino.

Te perdono por el daño que me causaste, por las cicatrices, por las terapias infinitas que tuve que tomar para perdonarte. Por todos los males que llegaron contigo y tardaron en marcharse. Me costó demasiado aprender a poner límites, a soltar antes de dejarme arrastrar hasta el fondo de aquel mar tormentoso que compartimos.

Pero hoy, al fin, te puedo decir que te perdono, **porque nadie merece pesar tanto en el alma.** Mucho menos tú. Te perdono hoy y para siempre, para nunca volver a estar así. Contigo aprendí todo lo que no debo hacer, permitir o tolerar. Tracé líneas que me juré respetar y respetarme al fin por ello.

Te perdono y, casi, **te olvido en este instante,** para no volver a dejar que tu recuerdo me robe la paz que tanto me costó encontrar después de alejarme.

JUSTO A TIEMPO

Apareciste en mi vida cuando menos te esperaba, cuando ya había dejado de creer en el amor, cuando todo el mundo me preguntaba por heridas pasadas y nadie me dejaba sanar. Llegaste con tu luz a iluminarlo todo y no sé qué demonios viste en mí. Quizá fueron mis canas nacientes o mis arrugas de abuelo. Qué sé yo.

Del amor que yo siento ahora nunca entendí antes; todas mis relaciones estaban basadas en la piel. **Ahora entiendo que nunca fui capaz de mirar más allá hasta que llegaste tú.** ¿Qué viste en mí? ¿Qué fue lo que te hizo quedarte en mi invierno y, más aún, qué te hizo estar tan convencida de poder ayudarme a cambiar de estación?

Y lo digo ahora, en esta primavera tardía que vivo contigo, porque entonces nunca supe verlo. Para mí eras sólo un cuerpo más que se cruzaba en mi camino, si te soy sincero. Una sonrisa, unos ojos, un universo que consiguió atraparme y entender el amor de una forma completamente diferente a todo lo anterior, y encendiste mis luces, mi mundo y mis sueños. Volví a creer en el amor, a pesar de haberme prometido nunca volver a hacerlo.

Me salvaste.
Justo a tiempo.

LAS HERIDAS DEL PASADO

No deberíamos tener miedo a mirar atrás. El pasado, por horrible que haya podido ser, ya no está aquí, se ha convertido en lecciones a las que volver, personas que abrazar en la memoria, recuerdos de ayer que, quizá, traigan también algo bueno al presente, si los dejas.

Somos lo que somos por todo lo que hemos vivido y es parte de nosotros, no podemos huir eternamente porque siempre terminará encontrándonos. Enfréntalo ahora que puedes, hazte fuerte en este instante y arriésgate a mirar atrás, ya que no se puede soltar el pasado si no lo enfrentas.

Cada decisión que tomaste un día te ha llevado al punto en que estás ahora mismo; sean mejores o peores, han moldeado tu persona, y hay muchas respuestas en el ayer para quienes estén dispuestos a escucharlas.

Ojalá que el miedo que sientes por mirar atrás se transforme en alas con las que volar alto. Así, alejándote un poco de "hoy" quizá comprendas que la vida es muy pequeña cuando la miras desde otra perspectiva, y que es mejor aceptar lo vivido que seguir perdiendo el tiempo que te queda por no saber cerrar las heridas del pasado.

ME SALVASTE

Me salvaste justo a tiempo.

Cuando ya renegaba del amor, apareciste tú, trayendo ilusión a un corazón que se había cansado de intentarlo. Llegaste, quizá, en el peor momento para enamorarte de mí, y te lo puse tan difícil como me fue posible, porque no quería saber nada de nadie. Pero ¿cómo decir que no a alguien que de verdad lo intenta? ¿Que te demuestra interés y ganas a pesar de todas las cicatrices visibles que anuncian mil batallas perdidas en estas lides del amor?

No le quites la intención a quien de verdad le pone ganas, te sorprenderás igual que lo hice yo, amando de nuevo, sonriendo por un mensaje, suspirando por un beso, abrazando el infinito de su cadera sin querer que amanezca en nuestro pequeño mundo por explorar.

Me salvaste de una vida sin amor a la que yo mismo había decidido condenarme. Quizá el castigo era demasiado grande, pero... llega un momento en que sientes que ya no puedes soportar un corazón roto más.

Así que... gracias.

Por amarme.

Por salvarme.

QUE LA MUERTE NO ME ENCUENTRE

No sé si me da más miedo hacerme viejo o que se me noten los años en la vida. Y no, no hablo de arrugas o canas, de envejecer a los ojos de los demás, sino de mí mismo. **Darme cuenta de que ya no soy el que era.** Que los escalones son montañas, que mi corazón a veces me dice "para". Ya no respiro igual, ya no camino igual, ya nada sabe igual. Ni siquiera la vida, esa que antes era un camino infinito que se perdía en el horizonte y, ahora, miro hacia delante con miedo de encontrar el final. Se me escapa entre las manos mientras estoy cada día más consciente y, al mismo tiempo, menos vivo.

Puede ser que sea todo y que no sea nada. Que mañana nunca llegue y sigamos siendo eternos como prometimos. **Que la muerte se olvide de nosotros** y nos deje seguir viviendo cinco minutos más, o cinco años, o quizá cincuenta.

Aunque las manos nunca mienten y delatan mis vueltas al sol... a veces ni las miro por miedo a envejecer de golpe todo lo que ahora olvido.

FUGAZ

He amado y he vivido, he soñado y he caído fuerte, hasta dar con todos los huesos y esperanzas en el piso. He mirado al cielo buscando las respuestas que nunca encontré en mí mismo y sólo he escuchado silencio y gritos. Los míos. Gritos de dolor y miedo a envejecer. A no haber vivido todo lo que podía, a haber dicho "no" demasiadas veces, a... todo. **Miedo a todo lo que me queda por vivir.**

Fugaz.

Así se me ha ido la vida y me aterra pensar que mis últimos pasos sean igual de veloces; tanto, que a veces en la noche ni siquiera duermo por no querer dejar de vivir unas horas menos. Me aterra dormir por dejar de vivir, a veces.

Si fuera justo conmigo mismo me diría que no todo ha sido tan malo, que no todo pasó tan rápido y que todo lo que aún me queda por vivir será eterno. **Me quitaría los miedos yo mismo si pudiera.** Pero me refugio en la oscuridad de mi alma para no enfrentar las respuestas que ansío, pero que no tengo valor, aún, para enfrentar. La vida es demasiado fugaz como para comprenderla a tiempo. Sólo espero, con suerte, vivir lo suficiente para encontrarle sentido.

QUIERO QUE ME RECUERDEN

Ojalá que el tiempo que pasamos vivos deje huella más allá. Que tengamos familia, legado, algo que los que nos quieren puedan recordar. No me imagino siendo polvo pasajero por la vida, sino que tengo esa inquietud de realmente importar. Que cuando alguien lea mi nombre recuerde un rostro, un hecho... **algo que me vuelva a traer a la vida un instante.**

Vivimos mientras alguien nos recuerda. Y cuando nos olvidan, ¿pierde el sentido nuestra existencia? Sólo unos pocos privilegiados transcienden tiempo e historia. El resto nos perdemos en el río infinito del tiempo. Ni siquiera las familias recuerdan mucho más allá de unas pocas generaciones.

Por eso me inquieta dejar huella. **Hacer algo que realmente importe como para que alguien me recuerde algún día.** No ser sólo un nombre más en la inmensa lista de personas que vivimos... y olvidamos.

No sé si sea posible siquiera, si tendré que encontrar la paz en el olvido, disfrutar de lo vivido y no pensar tanto en la eternidad. **Somos polvo,** al final de todo, pero qué bonito sería que alguien supiera que vivimos, lo que hicimos y lo mucho que logramos en vida.

QUÉ DIFÍCIL DECIRTE ADIÓS

Suena la alarma en mi despertador. La vida me espera paciente a que salga al fin del mundo de sueños en que me sumergí. Puede que todo sea más fácil hoy, quién sabe. Solo sé que la soledad de mi cama sigue quedándome demasiado grande.

Puede ser que un día despierte y ya no me sienta así. **No es sencillo decirle adiós a alguien que considerabas tu media vida,** la otra mitad de un rompecabezas que se quedó a medias. Ahora, abandonado a mi suerte, sigo soñando —más de lo que debo— con que todavía sigues aquí.

Nos rompimos mucho más de lo que deberíamos. **Se tarda mucho más en olvidar a alguien que en enamorarse de esa persona.** Decir adiós es un proceso tardado que no todo el mundo vive de igual manera. A mí, por ejemplo, me está costando horrores avanzar con una vida que siento que sigue en pausa desde que te fuiste.

Éramos para siempre, terminamos siendo fugaces. Un instante en nuestras vidas en que nos amamos con todo y terminamos doliendo más que nadie. Lo siento por eso. Lo siento por las heridas que yo mismo provoqué. Algunas, incluso, sigo sufriéndolas yo mismo.

Ojalá el adiós fuera mucho más sencillo.

NO QUIERO MORIR

En el crepúsculo de nuestra vida, cuando los días se acortan y las noches se vuelven más largas, nos cuestionamos demasiadas cosas que antes no nos deteníamos a pensar. Vivir era todo lo que importaba y ahora, por primera vez, **empiezas a entender la muerte como una certeza.**

Ya no somos aquellos jóvenes inmortales cuya vida transcurría tranquila sabiendo que vivirían para siempre, ahora la cuenta atrás se hace evidente y hasta los relojes generan ansiedad; ya estamos del otro lado, ya pasamos la mitad. Todo lo que queda ahora es una cuesta abajo sin freno hacia un futuro cierto e inevitable, pero la muerte y yo aún no hemos hecho las paces.

Sigo sin aceptar un destino que no quiero, me rebelo cada noche tratando de dormir un poco menos, buscando así vivir un poco más. Abrazo los momentos, las personas, tan fuerte como puedo, para que no se me escapen entre los dedos. Y vivo, sí. No me queda de otra. Sigo avanzando en mi camino rumbo a mi final.

Aunque intente resistirme, sé que no puedo, por eso duele incluso un poco más, **porque me siento vivo, joven**

incluso, y cada día que pasa sigo muriendo; y así será hasta que ya no queden más risas, más abrazos, más nada. Quedarán el polvo y el olvido, conmigo.

INVIERNO

¿QUÉ SENTIDO TUVO TODO?

Es curioso cómo la vida se vuelve relativa a medida que avanza el tiempo, a medida que nos hacemos viejos. Las canas de mi pelo, las arrugas de mi rostro. Los brazos que un día fueron fuertes y ahora temo se quiebren como rama seca de un árbol que sobrevivió al desastre de envejecer sin saber muy bien cómo.

¿Qué sentido tuvo todo si ahora, al mirar atrás, parece tan fugaz? Un instante, una vida. Un parpadeo y aquí estamos, tantos años después, más cerca de no volver a despertar nunca que de aquel niño que un día fuimos.

¿Será que vivimos para morir y que nos engañamos por el camino creyendo que somos eternos cuando, en realidad, después del suspiro que dura la vida nos apagamos como estrella en el firmamento? Un puntito de luz que estuvo, **pero ya no.**

A veces lloro por la vida que me falta; otras, sonrío por la vida que pasó, por cada instante de felicidad que atesoro como lo más valioso que me tocó vivir. Casi nada importa ya cuando llegas a cierta edad. **Lo material se vuelve superfluo.** Sólo importa el amor, la familia que tienes a tu alrededor, los corazones que habitaste y que, quieran o no, guardarán siempre el recuerdo de todo lo que significaste en sus vidas.

REMORDIMIENTOS

Qué difícil es mirar atrás y darse cuenta de que, quizá, perdimos parte de la vida por ciertas malas decisiones. Perdimos el tiempo y las ganas, la sonrisa. Se nos fue la esperanza y los sueños. Y no digo que no tuvieras la culpa, esa discusión es tuya y de tu conciencia. Pero... sólo digo que, quizá, ya sea hora de seguir viviendo.

Nadie puede castigarse eternamente por un pasado que ya no está presente. Nos duele el corazón de tanto pensarlo, ya lo sé. Y, sin embargo, seguimos vivos aunque lo olvidamos.

La culpa y los remordimientos son muy malos compañeros de viaje. Es mejor dejar que se bajen del tren tan pronto como nos sea siempre posible para poder seguir avanzando, haciendo kilómetros y años, recuperando poco a poco la sonrisa que perdimos aquel día.

Está bien perdonarse.

Avanzar de nuevo y mirar al frente también es una opción. Aunque el recuerdo queme, aunque quieras quedarte para siempre en aquella primavera que te dejó la vida así.

Te mereces una nueva oportunidad de ser feliz.

BRILLA

Hoy me ha dado por pensar en todo el camino que me ha llevado hasta aquí. Los sueños cumplidos, las metas cruzadas, la paz de saber que soy la mejor versión de mí.

Es una de las cosas que más me costó aprender. ¿Cuándo seré lo suficientemente bueno? ¿Cuándo parar de exigirme más? Y quizá, en esa constante búsqueda de mejorar, está el secreto: nunca dejarás de mejorar, siempre habrá algo que puedas hacer mejor en tu vida, pero mientras busques crecer como persona ya serás tu mejor versión. En el intento constante está la clave.

De todo lo que vivas, guárdate un pedacito en la memoria. Nunca sabes cuándo te salvará un recuerdo. Por suerte, la vida está llena de nuevas oportunidades para dejar atrás cualquier pasado que te persiga.

Siempre se puede mejorar, sí. Incluso a esta edad. Nada está perdido, aunque el tiempo parezca finito, que lo es, siempre podrás encontrar instantes para brillar.

ATRÉVETE A SEGUIR VIVIENDO

No estás solo, te lo prometo, aunque sientas que con la edad quedaron atrás todos los buenos momentos. Aún estás a tiempo de seguir sonriendo, de seguir sumando recuerdos al pasado para llevarte al cielo. La soledad de la vejez no se entiende como algo obligatorio, sino como elemento puntual que sufren aquellos que no son capaces de arriesgarse de nuevo.

Sal a la calle, visita lugares. Conoce personas nuevas que compartan gustos similares. No hay excusa que valga, **la vida se acaba y no puedes perder ni un solo segundo más en la soledad de tu encierro.** Aunque termines agotado por el esfuerzo, merecerá la pena. El mundo está lleno de personas como tú, esperando que alguien se atreva.

Da el primer paso, recuerda lo que era quererte a ti mismo. Ármate de valor y vive, por ti y por todos los que no se atreven a hacerlo. Es como si, al crecer, encogiéramos. Pero es mentira, **todo está en la mente.** El cuerpo, aunque no sea el que fue antes, seguirá siempre llevándote allí donde tú decidas.

Así que, por favor, disfruta del mundo que te rodea y de todos sus lugares. Conoce nuevas personas, atrévete a hablarles. Nadie rechaza una buena plática que lo ayude a escapar de su propia soledad.

AUNQUE NO SEPAS BAILAR

Si hemos llegado hasta aquí, ya nadie podrá quitarnos lo bailado. No sé si algún día terminaré encontrando el sentido a todo esto, el camino eterno de la vida, sus estaciones, sus tiempos. En este invierno cálido que me sorprende preparado, a pesar de lo mucho que me costó aceptarlo. Me negué a irme demasiado tiempo y ahora, cuando más cerca está el adiós, más paz encuentro en mi interior.

Será que soy viejo. Que me canso haciendo cualquier cosa... incluso viviendo. A pesar de todos los bailes que tuvimos, de los maratones que corrí y de las ganas de comerme el mundo que nunca me faltaron, **ahora mis huesos piden descanso.** Es ley de vida y ahora a otros les toca echarle ganas como nosotros hicimos.

Arrepentirse de lo vivido es una utopía. No puedes deshacer lo hecho, reescribir lo escrito, borrar lo que ya quedó grabado en tu vida. Por eso no me arrepiento. Ni siquiera quiero. Creo que he vivido todo lo que he podido, con la cabeza alta y siempre dispuesto a enfrentar cualquier batalla.

He dado mucha guerra, lo reconozco. A todo el mundo. Pero... qué aburrido vivir en la rutina, callarse la boca y mirar al piso. Si tengo un consejo que darle a alguien es éste: ¡VIVE!

Que la vida son dos días, como quien dice. Y, cuando llegues a mi edad y mires atrás, asegúrate de haber bailado la vida.

Aunque no sepas bailar.

DESPERTAR A TU LADO

Me gusta mirarte despertar en el sol del amanecer que inunda nuestro cuarto. Acariciar tu rostro envejecido por las experiencias y los años, con pequeñas arrugas que delatan que ya no somos aquellos que fuimos una vez. Pensamientos de plata escapan de tu cabeza y se derraman en la almohada, mientras trato de retener en el tiempo este momento, saborearlo, hacerlo eterno.

Tu respiración me avisa del cambio en el sueño. Vas a despertar pronto, volverás a la consciencia de nuestra vida juntos y, con ella, seguro conseguiré robarte un beso como cada mañana. Recién levantada, sin saber aún bien en qué día despiertas.

Me gusta abrazarte entre las sábanas blancas que tantos de nuestros secretos guardan. Sentir tu piel en mi piel, mi pecho en tu espalda y mi brazo acomodado firmemente entre tus pechos mientras abrazo el presente como quien conoce de su efímero secreto.

Me duele pensar en futuro y saber que es breve. Dure lo que dure, será breve, pues en la recta final de mis días sé que la eternidad son estos momentos y que, más allá, no podemos esperar nada.

Pero esto, aquí y ahora, **es real,** tangible. Por eso te aprieto fuerte contra mí, no queriendo alejarme de este abrazo en que nuestros cuerpos encajan siempre igual que lo hicieron la primera vez. Aunque seamos dos muy diferentes a aquellos que se amaron bajo unas sábanas blancas por primera vez.

EL AMOR EN LA VEJEZ

El amor en la vejez es un amor distinto. Se ha forjado con el tiempo, con la paciencia y la comprensión. Aprendes a conocer al otro en su totalidad, con sus virtudes y defectos, y aun así sigues amando con pasión.

Puede que la piel ya no sea la misma, y aceptas cada cambio con mucho amor pues ni tú mismo sigues siendo igual. **Ni por fuera ni por dentro.** Ya no somos aquellos que se enamoraron una vez, una conexión que perduró todo este tiempo. Somos muy diferentes, los amos de un mundo que construimos para nosotros mismos, a la medida de nuestros sueños.

Amar siendo viejo es todo lo que nunca imaginaste. Ya no te fijas en lo que antes, valoras mucho más el amor que te han regalado toda una vida.

Piénsalo: alguien eligió pasar toda su vida contigo. Qué increíble.

Intentas darlo todo cada día, aunque sientas que cada día tienes menos para dar. Qué curioso crecer: aumenta la edad, pero también los sentimientos. Nunca dejas de enamorarte de quien te sigue eligiendo.

Y qué bonito es saber que alguien te quiere así, como eres, con cada cana, kilo y arruga. Que te besa igual que hace tantos años y te sigue mirando con ojos de futuro, a pesar de tanto tiempo.

EL FUTURO YA ES HOY

De todo lo que me tocó vivir, tú has sido mi mayor orgullo, el mejor regalo que la vida pudo darme. Un corazón valiente que decidió caminar conmigo, a pesar de los tropiezos y las dudas, a pesar del difícil comienzo... a pesar de todo, aquí seguimos. **Juntos por siempre en un amor eterno que ni la muerte se podrá llevar.**

Recuerdo cómo, al principio de nosotros, nos costó tanto acoplarnos al ritmo mutuo. Tú, tan rápida e intensa; yo, tan pausado y reflexivo. Dos polos opuestos que se atraían sin saber por qué y que sufrieron mucho por ello.

Pero todo mereció la pena, el esfuerzo.

Doy gracias a la vida por ponerte en mi camino.

Ahora sé que lo hemos sido todo, porque nos atrevimos a mirarnos a los ojos y enfrentarnos a los miedos, con las manos entrelazadas y la mirada fija al frente, al futuro que ahora nos atrapa y que, por suerte, hemos conseguido llegar a vivir juntos.

NO SÉ VIVIR SIN TI

Me duele la vida. Me duele el amor ahora que no estás. La soledad que me abraza no calma el frío de tu ausencia; todo lo contrario, el peso del silencio retumba ensordecedor en mis oídos. Ya no está tu risa llenando los cuartos, ni tu voz haciendo vibrar el aire a mi alrededor. Me falta tu cintura pegada a mi cuerpo en la cama, abrazados en la ignorancia de que, algún día, sería el último en que nos diéramos un beso de buenas noches.

Me faltas tú, mi amor.

Me falta una parte de mí tan grande que nunca imaginé lo imposible que sería la vida sin ti. Hasta respirar supone un esfuerzo extra y sólo espero el momento de encontrarme de nuevo contigo, estés donde estés, para poder cumplir la promesa de infinito que nos hicimos hace tantos años ya.

Somos el amor de nuestras vidas y ahora que te has ido, no sé vivir sin amor.

Sin ti.

¿Qué voy a hacer sin ti? No dejo de buscarle el sentido a tu ausencia y no encuentro más que dolor.

No me arrepiento de haberte vivido, ni mucho menos. Sólo me arrepiento de no haberme ido yo primero para no haber conocido nunca un mundo en el que ya no estuvieras tú, mi amor.

A PESAR DEL TIEMPO

Qué bonito haber compartido toda mi vida contigo. Tuvimos un amor de película, nuestra eternidad en una historia. Una familia que nos quiere y apoya, un pasado fuerte que construimos juntos. Algo que empezó hace tanto tiempo y que, a pesar de lo huidizo de mi memoria, todavía alcanzo a recordar como si fuera ayer, cuando te invité a salir por primera vez.

Te juro que cada arruga, año y cana te han hecho todavía más sexy a mis ojos. Será que mi vista cansada no es lo que era... no te creas, estoy jugando: **eres lo más bonito que viví. En todos los sentidos.**

Doy gracias a la vida por ti. Si hay dios, también a él. Gracias al universo y... gracias a ti, por haberme elegido para caminar contigo, por no soltarme nunca la mano a pesar de haber podido hacerlo mil veces.

Somos el claro ejemplo de que el equilibrio se puede alcanzar, a pesar de lo diferentes que siempre fuimos. Qué bonito tenerte y haberte vivido. Estoy orgulloso de ti, de todo lo que has conseguido. De lo que hemos logrado juntos.

A pesar de todo.

Incluso a pesar del tiempo.

CAMINOS DIVIDIDOS

Una vida compartida. Un camino dividido en dos mitades parecidas que decidieron seguir la misma dirección, que se cruzaron con mil problemas diferentes y siempre encontraron la manera de seguir adelante. Dos almas que, aunque quizá nunca fueron gemelas, se amaron con todo lo que pudieron y, siempre, un poco más, para que nunca fallara el esfuerzo.

Merece la pena cada sacrificio, cada lágrima y cada discusión. Porque al final, cuando encuentras el equilibrio, todo fluye. La vida brilla, su estrella te guía y el amor alcanza una nueva dimensión. Nadie nos dijo que fuera a ser fácil amar. De hecho, desde que naces la vida te demuestra que el amor es todo menos sencillo. Sólo se alcanza esa sencillez final, cuando se derriban las barreras que nos impiden pensar en "nosotros" como la realidad más grande de todas.

Y entonces ese camino que parecía dividido se funde en uno solo que nos lleva tan lejos como la vida lo permita. **Me duele pensar en el día que uno de los dos ya no esté** y el otro tenga que seguir caminando solo. De hecho, trato de pensar en eso lo menos posible, pues sé que la soledad que sentiremos cuando nos arranquen nuestra otra mitad será posiblemente uno de los retos más grandes que nos quedarán por sufrir antes de que la muerte nos una de nuevo.

QUE ME LLEVEN A MÍ PRIMERO

Qué curioso es el paso del tiempo. La fugacidad de la vida, de tus besos. Todavía recuerdo el día en que nos conocimos como si fuera ayer, pero ha llovido demasiado desde entonces. De tu rostro, sólo tu mirada conserva la misma juventud. Igual que yo. **El reflejo del espejo dista mucho de aquella versión de mí que te enamoró.**

Podría describir tu cuerpo, tu alma y corazón de memoria a cualquiera que me preguntara por ti. Te conozco de todas las formas posibles, tanto que casi siento que somos una extensión. Yo de ti, tú de mí. Una misma persona que se divide en dos, pero que ama, siente, vive y envejece juntos.

Quizá te abrazo menos fuerte, pero el sentimiento no cambia. Al contrario, mis ganas de abrazarte y no soltarte son más fuertes cada día que pasa. Será el miedo a lo inevitable, a la vida sin ti. Salvo que tengan piedad de mí y me vaya yo primero, aunque sea egoísta, para no tener que enfrentar un mañana en que tú no estés en mi vida.

Somos futuro, siempre te lo dije. **Aunque el futuro se acerque inevitablemente a un final que me aterra.**

CUANDO YA NO ESTÉS

Cuando ya no estés, te seguiré amando. Te seguiré besando en mi mente cada noche, como he hecho toda mi vida. Abrazaré la almohada como un día te abracé a ti. Lloraré en silencio. Seré fuerte, lo prometo. **Sé lo que querrías para mí.**

Cuando te vayas, cerraré los ojos y me imaginaré que no te has ido. Que sigues aquí, conmigo, en este mundo nuestro que hemos construido a lo largo de toda una vida. Efímera, sí. Pero no me arrepentiré de nada de todo lo que viví contigo. Lo que seguiré viviendo, pues en esta casa nuestra todo está impregnado de ti.

Cuando ya no estés, nunca dejaré de pensarte. Te lo prometo, aunque ya lo sabes. No puedo imaginarme lo que será ese sentimiento de querer abrazarte y no encontrarte al otro lado de la cama donde compartimos la vida, el amor, los sueños y pasión. Cuando pasee solo por el parque y no tenga con quién quejarme de la vida, de los niños, del trabajo... de todo lo que tú cargabas conmigo.

Cuando te vayas, me costará un mundo entero no irme corriendo detrás de ti. Ojalá no fuera inevitable. **Ojalá no-**

sotros, ojalá siempre. Ojalá que haya un mañana más allá del punto final. Un reencuentro, eternidad.

Ojalá...

SUPERFICIAL

Todo pasa, todo llega. Las cosas materiales se quedan atrás. Podemos guardar mucho cariño a algo, pero no nos lo podremos llevar más allá. **Llenamos la vida de objetos que no aportan demasiado y nos pesan los bolsillos al caminar.** No tiene nada de malo, supongo, sólo que hoy me he puesto a reflexionar en todo lo que tengo a mi alrededor y no importa lo más mínimo en mi vida.

Dediqué tiempo, dinero, recursos a conseguirlo, pero ahora reposa inanimado en cualquier lugar. ¿Y si me hubiera ahorrado todo? Aunque claro... ¿para qué quieres el dinero si no es para gastarlo? Eterna rueda del capitalismo que nos obliga a seguir girando la vida alrededor de las cosas.

Me siento superficial por haber dado importancia a todo aquello. Tarde, claro; me doy cuenta tarde de esto. Pero sirva de lección para lo que nos quede por vivir: lo más preciado de la vida **es el tiempo que dedicas a vivirla,** no las cosas que acumulas y se quedarán atrás.

TE RECORDARÉ SIEMPRE

Me da miedo olvidarte. No ser capaz de recordar tu rostro, tus labios, el tacto suave de tu amor en las mañanas de invierno. El olor de tu cuello recién levantada, el calor que siempre encontraba en tu lado de la cama.

Me aterra perder el recuerdo de nuestras primeras veces, también el de los centenarios momentos que seguimos compartiendo toda la vida. El sonido de tu voz... **ojalá nunca olvide el sonido de un "te amo" pronunciado de tu boca.**

Un abrazo con sabor a vida, a infinito. La fuerza de tus brazos rodeándome para tenerme siempre a dos centímetros de tu universo, sin opción alguna a soltarme... ni nunca quise.

Prometo intentar guardar tu recuerdo tanto como me sea posible. No tenerte más que en la memoria está siendo lo más duro a lo que me he tenido que enfrentar en toda mi vida. Pero vivo, por ti y también por mí. **Te encontraré en otra vida, en otro cuerpo, en otro momento.**

Lo juro, lo haré.

Y no olvidaré, jamás, ni una sola cosa de todo lo que vivimos juntos, por mucho que siga olvidando día tras día... por mucho que mi cabeza juegue a no sufrir más tu ausencia.

Te recordaré.

TEJEDORES DE SUEÑOS

Llega un punto en la vida en que, inevitablemente, empiezas a mirar atrás. A cuestionarte cada decisión y cada paso que has dado. Cuando llegues a este punto, detente un momento y valora todo lo que has conseguido, todo lo que te ha llevado a este momento presente. **Valora las historias, vivencias y momentos.** Todas las experiencias vividas a lo largo del tiempo.

La sabiduría que te da la edad es un tapiz de esperanzas y sueños. Unos cumplidos, otros incompletos. Un manto de realidad al que volver a mirar de vez en cuando para seguir viviendo. Entre las hojas secas del invierno, caminamos los tejedores de sueños. En cada hebra se encuentra la esencia de un momento, de una risa compartida, de un abrazo a tiempo.

No le tememos al frío o la lluvia, sabemos que es sólo cuestión de esperar para que cualquier tormenta se aleje y poder seguir viviendo. Abrazamos cada hilo con amor, **conscientes de que será el legado que dejemos cuando ya no estemos.**

En el jardín que es la vida, donde las hojas caídas cubren el suelo como un manto de recuerdos, los tejedores de sueños nos encontramos y compartimos historias. Nos enriquecemos mutuamente con la sabiduría que nos da a conocer lo que otros han vivido, lo que nosotros mismos hemos sufrido y lo que todos, conectados, **seguimos viviendo.**

EL MILAGRO DE LA VIDA

Llegar hasta aquí ha sido un milagro. Demasiadas veces pude quedarme en el camino, no ver otro invierno... Perderme de todo lo vivido.

Y aquí estamos. Más allá del horizonte esquivo que siempre seguía un paso más lejos de mí. La vida está llena de sorpresas, de momentos, de pequeñas victorias que acaban sucediéndose hasta llegar a un final incierto.

Y derrotas... tantas que muchas veces te preguntarás si de verdad mereces todo eso, si hay luz entre tanta oscuridad.

El final del camino está cargado de recuerdos e historias, de lecciones que transmitir a quien te regale unos minutos de escuchar. **Y ojalá escuchen los jóvenes las voces de sus abuelos,** pues en este mundo marchito más vale no repetir errores que sigan acercando el punto y final.

El milagro de la vida es que sigamos viviendo, que abracemos los días como quien echa de menos. Quizá así aprendamos todos a vivir un presente que nadie aprecia, pues cuesta detenerse a saborear.

Hasta que te haces viejo y el futuro es un manto negro inescrutable, el pasado pura melancolía y tratas de aferrarte al presente, frenarlo incluso, para sacarlo de su inevitable curso.

Vive cada día como si fuera un regalo, pues realmente **somos afortunados.**

CADA VISITA CUENTA

Abrazo cada una de las visitas de mis hijos como un regalo. Me cuesta pensarlo de otro modo, pues los veo tan de vez en cuando que sé que están contadas las veces que aún podré abrazarlos. Por diferentes circunstancias, ninguno vive cerca, así que nos encontramos unas dos veces al año. Imagínate que me quedan por vivir diez años: eso significa verlos veinte veces más antes de morir. Por eso valoro cada visita como un regalo, pues así es.

El tiempo engaña. Piensas en esas visitas de forma muy distinta cuando haces la cuenta de los años que aún quedan para poder vernos y del número de veces que ocurrirá. Sí, sé que suena deprimente pero... no lo es en realidad.

Ser consciente de los detalles te hace vivir la vida más intensamente. Disfrutar de cada beso, abrazo y risa. Saber que eso es la vida: momentos que compartir, felicidad y familia. No me arrepiento de nada, ni siquiera pienso tanto en todo esto. Pero, cuando lo hago, me siento agradecido por cada oportunidad que tengo de compartir tiempo con ellos.

Valorar cada instante, como si fuera el último, siendo conscientes de que, un día, lo será.

Y qué bonita la vida que no nos deja caer, a pesar de tanto pensar.

A MÍ, CUANDO FUI JOVEN

No sé ni por dónde empezar este texto. No sé qué quiero decirte. Que aguantes, supongo. Que la vida que tienes por delante es mucho mejor de lo que imaginas. Que el futuro brilla, aunque no puedas verlo. Que la vas a encontrar, te enamorarás, tendrás una familia que te querrá como nunca te quiso la tuya.

Que serás lo que siempre soñamos, aunque no supiéramos qué era entonces. La felicidad llegará a tu vida y se quedará para siempre en ella. Seguirás igual, pero diferente. No te perderás más de lo que te está costando encontrarte entre tanta oscuridad que te rodea ahora.

Te quiero y estoy orgulloso de ti, de todo lo que luchamos para llegar aquí. Que te harás viejo, tendrás canas, arrugas y te pesarán partes de tu cuerpo que ni siquiera sabes que existen. **Pero seguirás vivo, valiente y tan inquieto como siempre.**

Te lo prometo.

Aunque este texto te encuentre en tu peor momento y no te creas ni una sola palabra de todo lo que estoy diciendo. **Eres mucho más grande de lo que imaginas.** Y eres futuro, ojalá alguien me lo hubiera dicho a tu edad. Hay mañana para nosotros.

Ya lo verás.

Te abrazo en la distancia y en el tiempo.

NUNCA DEJES DE CRECER

Si tuviera que darte un consejo sería éste: no dejes que nadie te corte las alas. Sueña siempre con todo lo que está por llegar y no te olvides de disfrutar el presente. No se puede vivir esperando el invierno, disfruta de cada estación ahora que todavía estás a tiempo.

La vida es un regalo y, como tal, hay que aceptarlo y disfrutarlo. Aunque a veces se nos ponga cuesta arriba, difícil, es todo lo que tenemos. Levántate, ruge, vive. **Sueña a lo grande y vivirás cosas grandes.** Tus metas marcarán tu camino y legado, el recuerdo que dejes cuando ya no estés.

Somos todo lo que nos dijeron que no podríamos llegar a conseguir jamás y, aun así, lo logramos. Porque lo más bonito de la vida es eso: encontrar los límites y estirarlos. Demostrarle al mundo y a ti mismo de qué estás hecho y, sobre todo, **nunca dejar de crecer.**

Aceptar que uno envejece, pero sin dejar de lado el crecimiento personal. Seguir sumando metas y logros, éxitos que nos acompañen a la tumba, aunque suene feo, pues la muerte no deja de ser la meta final.

EL SENTIDO DE LA VIDA

Somos viento que mece las hojas de un árbol que no alcanza a comprender. Quizá, seamos el mismo árbol, no lo sé, o el agua que alimenta la savia que se desliza por una corteza arrugada que ya no reconocemos como nuestra propia piel. Somos todo y nada al mismo tiempo. Grupo, humanidad... soledad e individuo. Estaciones de una vida que se pierde justo antes de volver a empezar. O quizá somos olvido que olvida el nuevo principio, la nueva vida. Somos esencia y paz; tristeza que nos abraza al final mientras recordamos todo lo que dejamos atrás. Amor. Propio y compartido. Una huella en tantos corazones que podrías volver a la niñez sólo con seguir el rastro que dejaste en todos ellos.

Somos universo y energía, aunque también polvo. Tierra de una madre que nos moldeó durante nueve meses antes de salir al mundo a vivirlo, a sufrirlo, a llorarlo como cuando éramos niños.

¿Qué sentido tuvo todo? Quién sabe. **Quizá buscarlo sea precisamente el sentido.** Seguir buscando hasta el final, con la esperanza de que una luz ilumine al fin el camino, que nos aleje de aquí y nos lleve... quién sabe a dónde nos lleve.

Somos lo que somos por lo que hemos vivido. Eso sí lo tengo claro. Somos el pasado que nos empuja y el futuro que apremia. **Somos todo lo que amamos en vida y todo lo que nos amarán cuando ya no estemos.**

Y buscarle más sentido que eso quizá sea demasiado ambicioso para una mente que no entiende aún que el corazón es quien verdaderamente nos guía en la vida.

EL AMOR SIEMPRE FLUYE

Imagina el amor como un río que nace en lo alto de una montaña. Al principio es pequeño y tímido, apenas un hilo de agua cristalina que emerge desde el corazón de la piedra. Inocente, se desliza por la ladera, buscando su camino, fluyendo por el sendero de la incertidumbre. Tembloroso, **pero decidido.**

A medida que desciende, **el amor se fortalece.** Se alimenta de las lluvias de la pasión, la amistad y el compromiso, desbordándose con risas y sueños compartidos. Algunas veces golpea contra los cantos rodados de desacuerdos y decepciones pero, por mucho que duelan esos golpes, siempre encuentra su camino y abraza las piedras y las pule con paciencia y comprensión.

En la llanura, el río se expande y se serena. Ya no es un impetuoso torrente, sino un flujo constante y profundo. La corriente, que parece lenta, está cargada de recuerdos, momentos vividos, profundas conexiones tejidas a lo largo del tiempo. **Se trata de un amor maduro que ha aprendido a desplazarse con dignidad y calma,** alimentando a su paso un vasto ecosistema de experiencias compartidas.

Con los reflejos dorados del atardecer, el río brilla bajo la promesa silenciosa de lo que está por venir. A lo lejos, el océano amenaza con un final... y un principio. **Un horizonte donde nuestro río desembocará.** Sabemos que es el ciclo de la vida, aunque no por ello nos da menos miedo. La eterna danza del agua: siempre cambiante, pero siempre constante.

El amor, como el río, **fluye a través de nosotros,** conectándonos de maneras tan diversas que apenas alcanzamos a comprender. Puede cambiar su curso, su ritmo, incluso su profundidad. Pero nunca deja de fluir.

A la vida, ganas; a los sueños, alas de Alejandro Ordóñez
se terminó de imprimir en el mes de septiembre de 2023
en los talleres de Diversidad Gráfica S.A. de C.V.
Privada de Av. 11 #1 Col. El Vergel, Iztapalapa,
C.P. 09880, Ciudad de México.